그래서 하는 말이에요

그래서 하는 말이에요

초판 1쇄 발행 2021년 4월 10일

지은이 최창남
펴낸이 한종호
디자인 임현주
제 작 블루앤

펴낸곳 꽃자리
출판등록 2012년 12월 13일
주소 경기도 의왕시 백운중앙로 45, 207동 503호(학의동, 효성해링턴플레이스)
전자우편 amabi@hanmail.net
블로그 http://fzari.tistory.com

ISBN 979-11-86910-30-6 03810
값 18,500원

그래서 하는 말이에요

최창남 지음

🌸 꽃자리

산보

삶이 언제나 진실이어야 할 필요는 없다. 진실을 찾아 나서는 구도의 길이어야 할 필요는 더욱 없다. 삶은 그저 살아가는 것만으로 충분하다. 살아가는 것만으로 충분히 진실 되다. 살아가는 것에 담긴 진실을 찾아내고 드러내어 '이것이 진실이다'라고 보여주고 말해야 진실이 되는 것은 아니다. 그저 충실히 살아가는 것만으로도 삶에 깃든 진실이나 의미들은 절로 몸에 밴다. 그것이 지혜이다. 삶의 지혜이다.

행복하게 살아가는 것이 좋다. 삶의 길은 아침에 지저귀는 새소리 들으며 산보하듯이 가볍게 지나는 것이 좋다. 꼭 거친 광야를 지나며 길 없는 길을 헤매다 쓰러져야 의미를 얻을 수 있는 것이 아니다. 의식을 잃고 죽음의 언저리를 지나와야 삶의 의미가 깊어지는 것은 더욱 아니다. 고난이 있어야만 의미 있는 삶이 되는 것은 아니다.

삶은 의미를 찾아가는 과정이 아니라 살아가는 과정일 뿐이다. 살아가다보면 지혜나 의미 등은 절로 얻어진다. 그러니 삶은 오늘이 인생의 마지막 날처럼 진지하고 무겁게 살아갈 필요가 없다. 첫날처럼 늘 설레며 행복하게 살아갈 수 있기 바란다. 그것만으로도 충분하다.

오늘이 생의 첫 날이라는 마음가짐으로 살아가는 것이 좋다. 하지만 적지 않은 사람들이 생의 마지막 날처럼 살아간다. 하루하루 일에 쫓기고 삶에 내몰린 탓도 있지만 삶을 대하는 마음가짐이 지나치게 무겁고 진지하기 때문이다. 시련과 고난을 통해 강해지고, 목표를 이뤄야지만 성공한 삶을 살아갈 수 있다는 이데올로기에 사로잡힌 탓이다. 문제가 생기면 서로를 상하게 하거나 해치지 않고 조화롭게 해결하려 하지 않는다. 극복하려고만 한다. 싸워 이기려고만 한다. 그런 탓에 뜨거운 몸과 강한 정신을 소유하고 있지만 늘 상처투성이의 삶을 살아 왔고 또 살아가고 있다. 싸우다가 외롭고 힘들면 함께 싸워주지 않는다고 다른 이들을 원망한다. 그렇게 스스로 상처를 만들고 원망하고 괴로워하며 살아간다. 나 홀로 만든 좌절과 상처, 배신과 원망으로 사람에 대한 믿음이 흔들리고, 때로 희망을 잃기도 하면서 말이다.

삶은 맞서 싸우는 것이 아니다. 함께 눈물 흘리고, 함께 기뻐하며, 함께 살아가는 것이다. 함께 숨 쉬고 위로하며 살아가는 것이다. 그럴 때에만 우리의 삶은 깊어지고 풍성해지는 것이다.

나는 우리의 일상이 설렘과 희망으로 세워지고 지켜지기 바란다. 깊은 산 중의 호수에 이는 잔물결처럼 잔잔하고 평온한 삶을 살아갈 수 있기 바란다. 우리 스스로 돌아볼 때 고통과 눈물이 가득한 삶이 아니라, 별로 말해 줄 것도 없을 것 같은 평범한 삶이기를 바란다. 왜냐하면 평범한 삶이야말로 우리의 삶을 변화시키고 우리 자신을 성숙하게 이끌어 주기 때문이다. 그것이 너무 일상적으로 이뤄져서 우리가 미처 깨닫지 못할 뿐이다. 참된 기적은, 평범한 일상에서는 도저히 볼 수 없는 어떤 것이 아니라, 평범한 일상 그 자체이다. 그런 평범한 삶이 우리를 지키고 변화시키고 성숙시킨다. 살아가게 하는 힘을 준다. 바람처럼, 공기처럼, 햇살처럼, 비처럼.

삶에는 지금의 나를, 내 삶을 만들어준 순간들이 있다. 어느 누구에게도 그런 순간들은 있을 것이다. 내게도 그런 순간들이 있었다.

나는 유년 시절에 지금의 부천인 소사에 살았다. 내가 네 살 되던 해에 당시에는 서대문구였던 지금의 종로구에서 소사로 이사 갔다. 제법 가구가 많았던 우리 동네는 큰 개울을 끼고 있었다. 유년 시절의 나에게는 강처럼 느껴지던 큰 개울이었다. 친구들과 나는 그 개울에서 놀았다. 물고기도 잡고, 가끔은 떠내려 오는 뱀도 잡곤 했다. 왕잠자리, 고추잠자리, 말잠자리, 밀잠자리 등 잠자리들이 많아 표본을 만든다고 설쳐대며 요란스럽기도 했다. 개울 건너편에는 높은 둑방이 세워져 있었다. 그 위로 더 높은 철조망이 끝도 없이 이어져 있었다. 그 철조망 너머에 아메리카가 있었다. 미군부대였다. "헬로~기브 미 짭짭~!" 하며 손을 흔들면 생전 먹어보지 못한, 천국에나 이런 맛이 있을까, 라고 느껴지던 초콜릿과 딱 깨물면 위스키가 쏟아져 나와 온 몸 짜르르 사무치게 하던 캔디 등을 먹으며 살고 있는, 우리가 사는 세상과는 다른 세상이 거기 있었다. 그 다른 세상의 건너편 개울의 이쪽 편, 우리가 사는 동네에는 밤만 되면 미군들과 어울리던 양색시 누나들이 이 집 저 집에 흩어져 살고 있었다.

개울에 얼기설기 짜놓은 사과 상자가 종종 떠내려 왔다. 처음에는 무엇인지 알 수 없었으나 나중에는 보지 않고도 알 수 있었다. 어린 내가 처음 사과 상자를 연 날을 지금도 잊을 수 없다. 물살이 은어처럼 빛나던 초여름 어느 날이었다. 아련히 물안개가 피어오르던 아침 무렵이었다. 떠내려오던 사과 상자를 들고 나는 강가로 나왔다. 사과 상자 안에는 하얀 천으로 덮인 조그만 바구니가 들어 있었다. 천을 들추자 아기가 보였다. 눈을 감고 있었다. 자고 있는 듯했다. 하지만, 우리는 이내 알 수 있었다. 아무도 가르쳐 주지 않았지만 자는 것이 아니라 죽어 있었다는 것을 말이다. 망연히 서로의 얼굴을 쳐다보기만 했을 뿐, 우리는 아무 말도 하지 않았다. 정적만 감돌았다. 알 수 없는 두려움에 우리는 사로잡혔다. 죽음이 무엇인지도 모르고, 개울에 떠내려오던 아기들의 죽음의 의미는 더욱 알지 못하면서도 눈물이 흘러내렸다.

아주 오래 전 일이다. 하지만 은빛으로 빛나던 개울에 떠밀려 내려오던 사과 상자에 대한 기억이 아직도 생생하게 남아 있다. 죽은 아기들은 개울로만 떠내려 온 것은 아니었다. 골목 으슥한 곳에 있던 쓰레기통 옆에 버려진 가마니 아래에는 어김없이 죽은 아기들이 놓여 있었다. 죽어버려진 것인지, 버려져 죽은 것인지 알 수 없었지만 아기들은 언제나 죽어 있었다. 나와 내 친구들은 속사정을 알지도 못하면서 미군들과 양색시 누나들 사이에서 태어난 아기일 것이라고 멋대로 생각하고 그렇게 믿었다.

유년 시절에 지나왔던 이 순간들은 내게 큰 영향을 미쳤다. 나는 살아오는 날들 동안 그리 잘 살아오지는 못하였지만, 사람을 상하게 하는 일이 아니라 살피고 살리는 일을 하려고 노력했다. 아무리 내 믿음과 생각이 옳다고 생각 되어도, 그것이 조금이라도 다른 사람을 해칠 수도 있겠다는 생각이 들면, 내 생각을 말하지 않고 조심하며 살아가려고 노력하였다.

오늘 삶의 모습을 만들어준 순간들이 어디 한 순간 뿐이었겠는가. 청년 시절 서울역 앞 양동에서 만났던 이들도 잊을 수 없다. 하루하루 몸 팔아 살아갈 수밖에 없었던 여인들, 동요 보다 욕을 먼저 배웠던 아이들의 얼굴이 아직도 내 눈동자에 남아 있다. 지금은 아파트 단지가 들어선 시흥 2동 산동네에서 만났던 여성들도 잊을 수가 없다. 하루 종일 술만 마시며 빈둥거리는 남편에게 하루도 거르지 않고 얻어맞으면서도 그녀들은 가정을 버리지 않았다. 매일 일 나가고 돈을 벌어 자신을 그렇게 때리는 남편에게 소주를 사다 주었다. 나는 그 아줌마들을 도저히 이해할 수 없었다. 하지만, 그녀들은 내 삶의 일부가 되어 지금도 내 가슴에 남아 있다. 넝마주이라고 불렸던 재건대 사람들, 돈을 벌겠다고 시골에서 올라와 타이밍 약을 먹으며 밤새 일하던 어린 여성노동자들에 이르기까지 어느 한 사람, 어느 한 순간 내 삶을 만들지 않았던 시간들은 없다.

하지만, 그 시간들로 인해 나는 내 삶에서 길을 잃어버리기도 했다. 그 순간들은 언제나 내 안에서 말을 하고, 내 안에서 살아 움직였다. 나는 그 말들을 따라갔다. 내 삶이 아니라 그들의 삶을 살아가기 시작했다. 아니, 그들의 삶을 내 삶으로 받아들이기 시작했다. 그렇게 받아들이면 그것도 내 삶이 될 것이라고 생각했다. 그렇게 살아갈수록 나는 내 마음의 소리를 점점 듣지 못하게 되었다. 그 시간들이 소중하면 소중할수록 나는 내 삶에서 점점 멀어져 갔다. 중산간 깊은 산 중에서 길 잃어 어디로 가야할 바를 모르게 되었다. 나는 길을 잃었다는 것조차 깨닫지 못한 채, 무엇인가를 해야 한다는 생각에만 사로잡혀 있었다.

삶은 마음을 따라 사는 것이다. 하지만, 유년 시절부터 삶은 마음을 따라 사는 것이 아니라 생각을 따라 사는 것이라고 배웠다. 나는 학교에서나 사회에서나 마음의 소리를 듣는 것을 배운 적이 없다. '이것이 옳다', '저것이 그르다'라는 세상의 생각과 뜻을 받아들이는 것만 배웠다. 그렇게 세상의 뜻과 생각을 받아들이는 것은 점점 익숙해지고, 마음의 소리를 듣는 것은 점점 생경하고 낯설게 되었다. 끝내 마음의 소리를 들어야 한다는 것조차 잊게 되었다. 듣지 못하게 되었다. 그렇게 내 삶의 한가운데에서 내 삶을 잃어버렸다.

　삶을 살아가는 것은 쉽지 않다. 삶을 살아가는 것이 어려운 이유는 수많은 사람들의 삶이 눈앞에 뒤엉켜있기 때문이다. 어떤 삶을 어떻게 살아가야 할지 분별하기 어렵기 때문이다. 그 분별은 애초에 불가능하다. 왜냐하면 삶들은 모두 저마다 옳기 때문이다. 저마다 모두 진실하기 때문이다. 그러니 어떤 삶이 옳은지 말한다는 것은 애초에 가능하지 않다. 사람들의 삶은 모두 진실 되고 옳은 동시에 진실 되지 않고 옳지도 않다. 왜냐하면 그들의 삶에서는 진실 되고 옳은 것이지만 내 삶에서는 진실 되고 옳은 것이 아니기 때문이다. 내 삶에서 진실한 삶은 오로지 나 스스로 만들어가는 삶뿐이다. 내 마음의 소리를 듣고, 내가 원하는 것들을 하나하나 만들어가는 내 삶뿐이다.

　나는 모든 사람들이 누군가를 위한 삶이 아니라 자신만

의 삶을 살아가기 바란다. 부모를 위하고, 자녀들을 위하고, 가족을 위하고, 민중을 위하고, 노동자를 위하고, 민주주의를 위하고, 역사를 위해서가 아니라 자신만의 삶을 살아가기 바란다. 삶의 희생을 통해서가 아니라 삶을 통해 걸어 나갈 수 있기 바란다. 삶은 자신의 모습을 잘 드러내지 않는다. 이리저리 굽이굽이를 건너고 지난 후에야 조금씩 그 모습을 보여준다. 마치 수백 가닥의 길을 품고 있는 장엄한 산줄기를 걷는 것과 같다. 여백이 많은 그림을 바라보는 것과 같고, 문장 보다 행간이 더 깊은 글을 들여다보는 것과 같다.

그러니 삶의 걸음이 산보를 나가듯이 가볍기라도 해야 하지 않겠는가. 그러니 마음의 소리라도 들으며 걸어야 후회라도 없지 않겠는가. 바람이 불면 부는데로 흔들리면서 말이다.

차례

꽃 한송이 피는 것도

꽃이 핀다
지는 것이 두려워
어찌 피지 않으랴

사랑한다
헤어짐이 두려워
어찌 사랑하지 않으랴

살아간다
죽음이 두려워
어찌 살아가지 않으랴

피고, 사랑하고, 살아가는 것들은
지고, 헤어지고, 죽어가는 것들 보다
어떠한 경우에도 아름답다

그러니 어찌

피어나고, 사랑하며

그렇게 살아가지 않을 수 있을까

어느 한 순간
기적이 아닌 것은 하나도 없습니다

잃을 수 없는 사랑을 잃고 목 놓아 울던 밤도
생명과도 같았던 동지들을 잃고 피울음 토하던 밤도
함께 걷던 벗들 떠나보내고 잠 못들어 서성이던 밤도
감당할 수 없는 실패 앞에서 좌절하고 절망했던 날들도
거리의 어느 외진 구석에서 몸 접어 잠들던 밤들도
홀로 남겨졌다는 외로움에 두려워 떨던 순간들도

모두 기적 아닌 것이 없고
신비롭지 않은 것이 없습니다

바람 한 점 불어오고
하늘과 바람 사이로 구름 흐르는 것도
깊은 계곡에 맑은 물 흐르고
나뭇잎에 물 한 방울 맺히는 것도

길섶에 풀 한 포기 돋아나고
나무 한 그루 홀로 자라는 것도

모두 신비롭지 않은 것이 없습니다

어느 한 순간 어느 하나도
그립지 않은 것이 없습니다

그립고
그립습니다

3.

나뭇잎 한 장 떨어져도
온 우주가 아는데

마음이 달라진 것을
어찌 모를까

숨결 하나만 떨어져도
하늘과 땅이 아는데

걸음이 달라진 것을
어찌 모를까

나뭇잎 한 장에도
우주가 들어 있고

숨결 하나에도
천지가 들어 있다

겨울 깊어간다. 코로나는 극성이다. 육십 보다는 칠십에 가까운 나이다. 나이 들다 보니 큰 병은 아니지만 사소하게 여기저기 아픈 곳이 생긴다. 사소하게 생기는 그 통증들이 나이 들고 있음을 알려준다. 운동하라고 알려주고, 하지만 지나치지 않게 적당히 하라고 말해준다. 평소에 느끼지 못하던 통증은 알지 못하던 많은 것들을 알려준다.

그 중의 하나가 나이듦의 은총에 대한 것이다. 인생이 순간이라는 것을 깨닫게 해준다. 순간이어서 아름답다는 것을 알게 해준다. 영원이라면 아름다운 것이 어디 있겠는가. 늘 같은 장면을 영원히 보는 것이니 말이다. 그냥 그런 장면, 그런 삶일 것이다. 그런 탓에 영원은 늘 순간을 그리워하는 것이다.

나는 삶이 순간이어서 좋다. 아름다운 것들을 보며 설렐 수 있고, 아프면 통증을 느끼고, 슬프면 눈물 흘리고, 기쁘면 한껏 웃을 수 있는, 그런 순간들로 이루어져 있어 좋다.

그런 순간이 곧 영원이라는 것을 알게 되어 참 좋다. 나뭇잎 한 장에도 몸과 마음과 영이 깃들어 있다는 것을 알게 되고, 나뭇잎 한 장에도 생과 삶이 있다는 것을 알게 되어 더욱 좋다. 젊은 날에는 깨달아 알지 못하던 것들이다. 나이듦의 은총이다.

4.

꽃은 가까이 봐야 아름답지만

사람은 떨어져 봐야 아름답습니다

5.

나는 곧게 쭉쭉 뻗어나가는 삶 보다는
휘어지기도 하고 비틀거리기도 하는 삶이 좋다
가끔은 넘어져 다치기도 하는 다소 모자란 듯한
내 모습이 좋다

잰 걸음으로 재빠르게 걷는 것보다는
굽이굽이마다 걸음 멈추고 나무 등걸이나
바위에 걸터앉아 흐르는 강물이나
겹겹하고 첩첩한 산줄기를 바라보는 것이 좋다

누군가를 젖히고 꺾어 넘기고 올라서는 일은 재미없다
만나는 것마다 타고 넘고 쓰러뜨리고 무너뜨려야 하는
일을 어찌 하겠는가

사람이 부족하고 나약해서
그런 일을 견뎌낼 성품도 안되고 재간도 없다
너무 단단하지 않게

다소 헤프고 적당히 모자라게

제주의 돌담처럼 빈틈이 많게
바람도 지나고 사람의 염원도 머물 수 있는
그렇게 틈이 많은 삶이
나는 좋다

얼기설기
드문드문
휘적휘적

그렇게

6.

젊은 날에는
늘 삶에 맞서 싸우려 했다
시련이 오고
문제가 생길 때마다
맞서 싸워 이기려 했다

그런 이유로
뜨거운 몸과 강한 정신을
소유하고 있었지만
늘 상처투성이였다
단 하루도 성한 날이 없었다

때로 싸우다 외롭고 힘들 때면
함께 싸워주지 않는 이들을
원망하며 스스로 상처 받았다

저 혼자 만든 배신감과 좌절과 절망으로

사람에 대한 믿음이 흔들리기도 했다

제법 나이 들어가는 요즘에서야 얻게 된 지혜가 있다

삶이란 맞서 싸우는 것이 아니라
함께 숨 쉬고 위로하며 살아가는 것이다

때로는 함께 눈물 흘리고
때로는 함께 기뻐하며
나아가는 것이다

그럴 때에만
참으로 우리의 삶은 깊고 풍성해지는 것이다
부드럽고 강해지는 것이다

나는 참으로
어리석은 사람이다

늘 생각과 신념에 갇혀
지혜는 얻지 못하였으니 말이다
겨울 깊어가고
다시 한 해가 저문다

새 날에는
상처를 치유하고
영혼을 맑게 하여
마음을 정화시키는
삶의 지혜가
모두에게
함께 하기 바란다

은총이 함께 하기를 기원한다

7.

어리석은 자나
비열한 자나
악한 자를
곁에 두었다가
겪게 되는 고통이나
치르게 되는 참담함 등은
너무나 당연한 것입니다

그들은
그들이 지닌 것으로
그들이 할 수 있는 것을 행할 뿐입니다

어리석음으로 어리석은 짓을 하고
비열함으로 비열한 짓을 하고
악함으로 악한 짓을 합니다

그들은 자신이 할 일을 하는 것입니다

그들은 오직 제 이익을 위하여 행동합니다
배신하고 분열시킵니다

하지만 그들을 탓할 일이 아닙니다

굳이 탓해야 한다면
우리 자신을 탓해야 합니다
어리석은 자, 비열한 자, 악한 자를 분별하지 못한
우리 자신의 어리석음을 탓해야 합니다

사랑이나 믿음, 신뢰라는 고귀한 말들을 그런 자들에게
함부로 사용한
지혜롭지 못한 우리의 태도를 탓해야 합니다
그런 자들을 가르치고 변화시키려 한
우리의 어리석음을 탓해야 합니다

젊은 날, 예수의 말씀 중 오해한 것이 있었습니다

"나쁜 나무는 좋은 열매를 맺을 수 없다"
"좋은 나무는 나쁜 열매를 맺을 수 없다"

말씀 그대로 받아들였어야 했는데
어리석은데다 오지랖까지 넓어
열심히 사랑하고 기도하며 애쓰면
나쁜 나무에서도 좋은 열매가 맺힐 것이라고
제멋대로 생각하고 믿었습니다

물론, 그런 생각이나 믿음의 결과는 늘 실패였습니다
예수도 그런 말을 한 적이 없습니다
오히려 나쁜 나무는 절대로 좋은 열매를 맺을 수 없다고
말했을 뿐입니다

사람의 본성이란 그렇게 쉽게 바뀌는 것이 아닙니다
우리가 사람의 어떤 장면, 단면만 보고 우리 멋대로
생각했을 뿐입니다

좀 분별력을 가지고
지혜롭게 살려고 마음 기울이고 있습니다
사람을 잘못 보는 어리석음은
너무나 많은 시간과 노력들을 무의미하게 만드는
소모적인 결과를 불러옵니다
물론 마음과 삶에 상처도 남기고요

하여, 사람을 만나는 일에서는
더욱 삼가고 조심하며 살아가고 있습니다

이제 제게 남은 시간도
그리 넉넉하지만은 않으니 말입니다

8.

산이 산으로
살아갈 수 있는 것은
풀 때문이다

풀이 없다면

산의 흙들은
바람에 날리고
비에 쓸려서

큰 산은 작은 산이 되고
작은 산은 둔덕이 되고
둔덕은 이내 들판이 되어
그 흔적을 찾을 수 없게 될 것이다

풀은
흙을 지키고

나무를 살리고
숲을 품어
산을 산답게 한다

민중은
풀과 같다

사람을 사람답게
세상을 세상답게 한다

죽은 자 같으나 산 자요
무명한 자 같으나 유명한 자다

나도 풀처럼
살고 싶다

9.

자신의 생각을 갖는 것은 중요합니다. 하지만 정말 중요한 것은 자신의 생각을 갖는 것이 아니라 자신의 생각에서 벗어나는 것입니다. 늘 그 생각에서 벗어나야 합니다. 그러지 못하면 지금은 그것이 새로운 생각이었다고 하더라도, 내일은 이미 지나가 버린, 낡고 썩은 생각이 될 것이기 때문입니다. 자신의 생각에서 벗어나, 늘 자신을 새롭게 하는 것이 중요합니다.

하지만 그것보다 더 중요한 것은 자신을 새롭게 해야 한다는 생각의 틀에서조차 벗어나는 것입니다. 자신의 생각에서 벗어나야 한다는 생각조차 하지 않을 수 있어야 합니다. 자신의 생각에서 벗어나는 일이 체화되어 있어야 합니다. 봄, 여름, 가을, 겨울 계절이 바뀌면 자연의 색이 자연스럽게 바뀌어 가듯이 삶의 변화, 상황의 변화에 따라 자연스럽게 생각과 몸이 움직여야 합니다. 하나가 되어 자연스럽게, 물 흐르듯 변화되어야 합니다.

그러기 위해서는 늘 소통해야 합니다.

나 자신과 소통해야 합니다. 나를 둘러싸고 내 삶을 이루고 있는 존재들과 소통해야 합니다. 사람과 소통하고, 상황을 이해하고 소통해야 합니다. 자연과도 소통해야 합니다. 자연을 느끼고 이해하는 것으로 소통해야 합니다. 그래야만 자신을 잃어버리지 않을 수 있습니다.

그래야만 세상이 넣어준 생각들, 철학이든, 이념이든, 신앙이든, 신념이든 그것이 무엇이든지 그런 것들로부터 벗어날 수 있습니다. 그래야만 생이라는 첩첩산중에서 갈 길을 잃지 않을 수 있습니다. 중산간에 갇히지 않을 수 있습니다.

그래야만, 자유로운 영혼으로 자신의 삶과 생을 넘나들며 살아갈 수 있습니다. 그 모든 일의 출발은 자신을 잃어버리지 않는 것입니다.

10.

옳지 못한 일을 보면 분노해야 합니다
불의하고 정의롭지 못한 일을 보면 분노해야 합니다

하지만 분노에만 머물러서는 안 됩니다
분노는 영혼을 태우고 삶을 무너뜨립니다
분노만으로는 성찰 있는 삶을 담보할 수 없습니다

자신의 삶에 대한 성찰이 부족한 상태로
분노에 자신을 내맡기면

삶은
마른 풀과 같고
바람에 흩날리는 겨와 같아집니다

분노도 소중하지만
분노 보다 더 소중한 것은
내적 성찰입니다

내적 성찰이 있을 때에
영혼은 생명의 숲으로 채워지고
마음에는 깊고 맑은 강이 흐르는 것입니다

분노에 제 마음을 내어준 채 젊은 날들을 보내고 나면
그 이후 삶의 허허로움을 감당할 길이 없습니다

어느 누구도
우리 자신의 삶을 지켜주지 않습니다

우리 자신의 삶을 지킬 수 있는 사람은
다른 어떤 누군가가 아니라 나 자신입니다

우리 스스로
어떤 환경에서도 좌절하지 않고 절망하지 않는
내적 풍요로움을 품어야 합니다

쓰러진 자 같으나 일어선 자요
죽은 자 같으나 살아 있는 자와 같은
생명력 가득한 삶을 살아가야 합니다
이런 이들이 많아질 때
우리의 삶은 너그러워지고
시대의 삶 또한 풍요로워질 것입니다

그러니 분노를 품더라도
분노에 머물러서는 안 됩니다

때로는 뒤로 물러나
홀로 머물며
자신만의 시간을 가져야 합니다

'홀로'는
성찰 있는 삶을 향한 첫 걸음이며
함께 살아가는 삶의 출발선이기도 합니다

11.

무엇을 바라보며 살아온 날들이 있었다. 하지만 그것을 바라보는 동안은 늘 그것에 갇혀 있었다. 그것이 늘 나를 힘들게 했다. 다시 더 새롭고, 더 높은 것이라고 생각되는 다른 것을 바라보아도, 바라보고 있는 그 순간 뿐, 이내 그것에 붙들리고 갇히게 되었다. 자유롭기 위해 새로운 것들을 바라보았지만 늘 바라본 그것들에 갇혀 자유를 잃게 되었다.

내 젊은 날들은 늘 자유하고자 했지만 늘 자유롭지 못했다. 그것은 때로는 교리였고, 때로는 이데올로기였고, 때로는 믿음이었고, 때로는 운동이었고, 때로는 동지였고, 때로는 조직이었고, 때로는 사람이었고, 때로는 사랑이었다.

어떤 이들은 삶을 '노니는 것'이라고 생각하고, 또 어떤 이들은 삶은 '건너는 것'이라고 생각하고, 또 다른 어떤 이들은 '돌아가는 것' 혹은 '나아가는 것'이라고 생각한다. 내가 생각하는 내 삶은 무엇이었을까. '자유로움'이고 '새로움'이었으니 이 모든 것이기도 하고 아니기도 했다.

12.

길이 있어서 가는 것이 아닙니다
가면 길이 되기 때문에 가는 것입니다

한 번 길이라고 영원한 길이 아닙니다
길이라도 사람 지나지 않으면
이내 수풀 우거져 길이 아니게 됩니다

훌륭한 삶을 살아가는 길이 따로 있어 그렇게 사는
것이 아닙니다
살아가기 때문에 훌륭한 삶을 살아갈 수 있는 것입니다

한 번 삶의 지혜를 얻었다 하여
늘 아름다운 삶을 살아갈 수 있는 것이 아닙니다

매 순간 지혜를 갈구하는 마음으로 살아가지 못하면
곧 길을 잃고 중산간에 들어 옴짝달싹 못하게 되는
것입니다

알지 못하는 곳으로 사라져 소멸하게 되는 것입니다

사랑이 있기 때문에 사랑하는 것이 아닙니다
사랑하기 때문에 사랑이 있는 것입니다

한 번 사랑을 품었다고 늘 사랑할 수 있는 것은 아닙니다
매 순간 사랑하고 있어야 사랑이 머무는 것입니다

사랑이란 사랑하는 사람에게 투항하는 것이며
삶이란 사랑에 투항하는 것입니다

길이 없어서 못 가는 것이 아닙니다
가지 않으려 하기 때문에 못 가는 것입니다
마음을 품지 않기 때문에 길이 열리지 않는 것입니다
발걸음을 내딛지 않기 때문에 길이 열리지 않는 것입니다

어떤 길이 되었든

산길이든, 삶의 길이든, 마음의 길이든

모든 길은 발걸음 내딛는 만큼 열리는 것입니다
품어 닿은, 그 마음만큼 열리는 것입니다

사랑도, 삶도 같습니다
품은 사랑, 품은 지혜만큼
딱 그만큼만, 닿을 수 있고
살아갈 수 있는 것입니다

13.

눈 덮인 동백
바람에 흔들린다

벗은 멀리 있고
그리움은 아련한데

아름다움 사무쳐
쓸쓸하다

발걸음 떼지 못해
돌아서 바라보니

눈꽃들
바람에 흩어진다

아직 떠나지 않은 추백 몇 송이 남아 눈을 맞았다. 붉은 동백은 눈 쌓여도 따뜻해 보이는데 추백은 추워 보인다. 추운 겨울 낯선 땅을 지나는 것 같고, 남의 집에 든 손님만 같다. 추운 겨울 거리를 서성이는 이들을 닮은 듯하다. 눈이 좀 더 내릴 것 같은 밤이다.

14.

착한 사람들은 대체로
자신이 하기 힘들거나 싫은 일에 대해 거절할 줄을 모른다
남을 위해 자신을 희생하려는 마음가짐 때문이다
하지만 이런 경우 결과가 꼭 좋은 것만은 아니다
자신을 해할 뿐 아니라 관계까지 해치기도 한다

별로 마음 내키지 않는 일을
상대의 마음이 상할까봐 거절하지 못하고 하다보면
내 마음이 상하고 힘들어진다

이런 일이 반복되다 보면
이런 내 마음을 알아주지 않는 상대의 무심함이나
무례함에 대해
불만을 품게 되고 원망하게 된다
결국은 서로의 관계까지 해치게 된다
어리석은 일이다
자신이 원하지 않는 일은

그 일이 아무리 좋은 일로 보이더라도
하지 않는 것이 좋다

나름 충분히 배려한 요청이 아니라면
나름 절실함을 담아 하는 요청이라 하더라도
거절하는 것이 좋다

거절할 줄 알아야 한다

아무리 옳은 일이라고 하더라도
내가 그 일을 할 마음과 몸의 준비가 되어 있지 않으면
하지 않아야 한다
내가 그 일을 즐겁게 감당할 수 있을 때 하는 것이 좋다
그 일의 결과와 상관없이 기쁠 수 있을 때 감당하는
것이 좋다

남 보다
나 자신을 먼저 배려하는 것이 좋다

나를 먼저 배려한다고 이기적인 것은 아니다
나를 먼저 배려하는 것이 옳다

나를 가장 잘 배려할 수 있는 사람이 나 자신이기 때문에
내 영혼이든, 몸이든 내게 맡겨진 것이니 말이다

참된 이타심이란
나를 위하는 마음에서부터 시작되는 것이다

15.

살아가다 보면
비 오는 날도 있고 눈 내리는 날도 있다
좋은 일도 있고 나쁜 일도 있다
기쁠 때도 있고 슬플 때도 있다
웃을 때도 있고 눈물 흘릴 때도 있다

그때마다 일희일비하며 살 수는 없는 일이다

잘 풀린다고 들떠서 나댈 일도 아니고
어려움을 겪는다고 좌절할 일도 아니다

매 순간 일어나는 작은 일들에 매여 살아갈 일은 더욱
아니다
그저 긴 안목으로 삶을 바라보며 마음 잃어버리지 않고
살아갈 뿐이다
어제의 나를 벗고
오늘의 나를 벗어나고

나 자신을 벗어나 매 순간 새로운 나로 살아갈 뿐이다

새해라고 하지만
마음이 새로워지지 않는다면
여느 해와 다를 것 없는 묵은 해이고
어제의 나일 뿐이다

•

집 뒤편 계곡에 작은 연못이 있다. 비가 많이 내려 계곡
이 강이 되어 흘러도 반나절이면 물이 다 빠지지만 이 못
은 사시사철 물이 빠지지 않고 그대로 수량을 유지한다. 4
년 전 처음 이 산중에 들어왔을 때에는 아침이면 늘 이 못
에 나와 앉아 있곤 했다. 봄, 여름, 가을, 겨울과 매달, 매주,
매일 매 순간 달라지고 변화되는 것을 바라보았던 못이다.
많이 눈 내리던 겨울 어느 날 오후에 나가보니 못에도 눈
내리고 있었다. 스며들고 있었다. 내 마음 깊은 곳에도 마
르지 않는 작은 연못이 있다.

16

이번 생의 숙제를 잘하고 계신가요

누구나 자기 생에서 해야 할 숙제를 갖고 있습니다
지난 생에서 했어야 할 숙제도 있고
이번 생의 숙제도 있습니다
아마 다음 생의 숙제도 있겠지요
한 번의 생에서 모든 숙제를 다 할 수는 없는 일이니까요

그럼에도 불구하고 태어남을 축복이라고 하는 이유가
있지요
훌륭한 영적 스승을 만날 수 있는 기회가 주어지기
때문이지요
훌륭한 영적 스승을 만난다면 여러 생, 어쩌면 수십 겁의
생을 통해
이뤄야만 하는 성취를 단 한 번의 생에서도 이룰 수 있기
때문이지요
영적인 상태에서는

그저 그 상태로 머물러 있을 뿐

어떤 성숙도, 진보도 이루어지지 않지요

그래서 영적 진보를 위해 태어나는 것이지요

훌륭한 영적 스승을 만날 수 있다면 더 말할 나위 없이
좋지요

참으로 축복 받은 일이지요

17.

꽃 한 송이 피는 것도
제 삶의 최선이며 전 생의 모든 것입니다

꽃 한 송이 풀 한 포기를 마주할 때에도
결코 소홀히 여기지 않고 마음을 다하는 이유입니다

꽃 한 송이 풀 한 포기에도
생을 향한 간절한 마음과 최선의 노력이 깃들어 있거늘
사람의 생이 어찌 그렇지 않겠습니까

한 사람을 만나는 것은
그 사람의 전 생을 만나는 것입니다

살아온 생의 모든 날들
흘린 눈물과 슬픔의 시간들
설레임과 기쁨의 시간들
절망과 희망의 날들

이 모든 것들이 어우러져 빚어낸
격렬하고도 단아한 삶을 만나는 것입니다
눈물나도록 아름다운 삶을 만나는 것입니다

그러니 살아가는 매 순간
고통스럽다 물러서지 말고
성의를 다해야 합니다
최선을 다해 살아가야 합니다

눈 속에 핀 어린 동백처럼
매 순간 우리를 살아가게 하는
숨결 하나처럼

나 자신을
살아가야 합니다

18.

생이 있고
그것이 삶과 죽음을 품고 있고
그래서 죽음은 또 다른 삶이고
생의 한 과정이라면

그렇게 생각하든
그렇게 생각하지 않든

나라는 존재가
일시적이든 영원한 상태이든
죽음의 상태에 있지 않고

삶을 얻어
오늘을 살아가고 있는 것은
기적입니다

아침에 뜨는 해를 보고

저녁에 지는 붉은 하늘을 볼 수 있는 것

얼굴만 봐도 미소 짓게 되는 벗들을 만나 한 잔
기울일 수 있고
사랑하는 연인을 만나 가슴 뜨겁고 마음 촉촉하게
사랑할 수 있는 것

울고 웃고
아프고 위로 받고
좌절하고 희망을 얻고

무릎에 얼굴을 묻고 소리 죽여 울던 밤도
잠 못 이루고 어둔 골목을 서성이던 그 순간들도

한 순간 한 순간
기적 아닌 것이 없습니다

삶이란 기적으로 주어진 시간입니다
이미 기적의 시간에 들어 있어 의식하지 못할 뿐입니다
삶 자체가 기적입니다
오늘, 지금 우리가 말하고 행동하고 사랑하고
살아가는 매 순간들이 기적입니다

우리는 저마다 주어진
기적의 시간들을 살아가고 있습니다

19.

정말 말할 곳이 없으면 내게 말하라 했지요
정말 갈 곳이 없으면 내게 오라 했지요
정말 의지할 곳이 없으면 내게 의지하라고 말하였지요
정말 외로움에 지쳐 마음 나눌 사람이 마땅치 않으면
나를 찾아오라고 말했지요
정말 마음 깊이 차곡차곡 쟁여 놓은 말들을
쏟아 놓을 곳이 없으면
내게 말하라고 했지요

그렇게 말했어요
정말 눈물조차 마음 편히 흘릴 곳이 없으면 내게 오라고요
정말 잠들지 못하는 깊은 밤 서성이다 어쩌지 못하면
내게 찾아오라고 말이에요

듣고, 흘리고, 아파하며
함께 서성일 수 있도록 말이에요
함께 슬퍼하고 당하고 쓰러질 수 있도록 말이에요

아무리 생각해 보아도

제가 그들이 처한

아프고 힘든 상황에서 건져 낼 수는 없지만

함께 아파하고

함께 눈물 흘리고

함께 낭할 수는 있으니 말이에요

있는 듯 없는 듯, 그렇게

20.

내가
내가 아니게 되면
더 이상
내가 아니다

내가
내가 아닌 삶이
무슨 의미가 있겠는가

내가 나로
살아갈 때만

내 삶도
사랑의 숨결도
의미를 갖는다

내가
나로 살아가는 것,

존재의 이유이다

21

산에 들면 산의 일부가 되며
길에 들면 길의 일부가 된다

강가에 서면 흐르는 강물을 따라 흐르고
바람을 만나면 바람 따라 흐른다

맑은 사람을 만나면 맑은 영혼에 대해 말하고
탁한 사람을 만나면 탁한 세상에 대해 말한다

순수한 사람을 만나면 너머의 세상에 대해 말하고
삿된 사람을 만나면 삿된 기운에 대해 말한다

꽃을 만나면 꽃이 되고
풀을 만나면 풀이 된다

그것을 만나면 그것이 되고
저것을 만나면 저것이 된다

흐르는 물처럼

스며들고 동화되며

때로 잔잔하고 고요히

때로 격렬하고 거침없이

그렇게 살아간다

자연의 일부처럼

있는 듯 없는 듯

그렇게

22.

지나온 삶을 돌아보면 참 여러 가지 이런저런 일들을 하며 지냈습니다. 때로는 스스로 생각해도 '나의 정체성이 무엇이었나?' 묻게 될 때도 있었습니다. 빈민운동, 노동운동, 지역운동, 문화예술운동에 참여했고, 목사, 작곡가, 작가로 살아왔고 살아가고 있습니다. 이렇게 써 놓고 나니 무엇이 나의 정체성인지 더 헷갈리기도 합니다.

하지만, 저의 정체성은 분명합니다. 살아오는 날들 동안 제 삶을 관통한 한 단어를 말한다면 '살린다'입니다. 살아오며 해온 여러 가지 일들은 모두 누군가를 살리고, 무엇을 살리고, 어떤 것들을 살리기 위한 과정들이었습니다.

대단하게 무엇을 한 것도 없고, 잘 한 것도 별로 없습니다. 오히려 실패가 더 많았습니다. 하지만, 분명한 것은 살리는 일들을 계속하였다는 것입니다. 쫓기기도 하고, 공격도 받고, 음해도 여러 차례 받아 몸도 마음도 지치고 괴로울 때도 많았지만 살리는 일을 그만두지는 않았습니다.

제가 할 수 있는 일이 그 일 밖에 없었기 때문입니다.
제가 옳다고 생각하는 일들이 그 일이었기 때문이었습니다.
제가 하고 싶은 일들이 그 일들이었기 때문이었습니다.

한 사람의 삶은 그 사람의 살아온 삶 자체가 증거하는 것
입니다. 사회적으로 큰 업적을 남기느냐 아니냐 하는 것이
중요한 것이 아닙니다. 스스로 어떠한 삶을 살았는가 하는
것이 소중합니다. 그러니 다른 사람들의 시선에 크게 신경
쓸 필요가 없습니다.

그저 자신의 삶을 살아가면 됩니다.
누구나 그러하듯이 저도 지금 제 삶을 살아가고 있습니다.

23.

젊은 날에는
자신 보다 다른 사람을 사랑하는 이들을
좋아하고 신뢰했습니다

하지만 지금은 그렇지 않습니다

다른 이들 보다
자신을 사랑하지 않는 이들을
신뢰하지 않습니다
사랑하지 않습니다

자신도 사랑하지 못하는 사람이
어찌 다른 이들을 사랑할 수 있겠습니까
자신도 구원하지 못하는 사람이
어찌 다른 이들을 구원할 수 있겠습니까
자신을 존중하지 못하는 사람이
어찌 다른 이들을 존중할 수 있겠습니까

신념만으로는
풀 한 포기도 자라게 할 수 없습니다
뜻만으로는
풀 한 가닥도 흔들리게 할 수 없습니다

바람 지나야
풀 흔들리는 것이고
사랑 품어야
풀 자라는 것입니다

풀 한 가닥 존중하고 사랑하지 못하는 이가
어찌 다른 생명들을 존중하고 사랑할 수 있겠습니까
어찌 사람을 사랑하고 지킬 수 있겠습니까

바람 머물던
풀숲이 그립습니다

24.

옳고 그름이
가장 중요했던 날들이 있었지요
옳고 그름의 눈으로
사람을 바라보고 판단했던 날들도 있었지요

하지만 지금은 그렇지 않습니다

사람 그 자체를 바라보고
그 모습 그대로 받아들입니다

다만 그 모습을 받아들일 정도의
역량이 준비 되어 있지 않고 상황이 허락하지 않으면
받아들이지 못할 뿐입니다
사람 자체를 거부하거나 밀어내지는 않습니다

삶은
깊고 깊은 숲의 너머 같고

달의 이면 같고
우주의 저 편 같습니다

알 수 있는 것들보다는
알 수 없는 것들이 훨씬 많습니다

삶의 경험만으로는
도저히 알 수 없는 것이 너무나 많습니다

사람도 이와 같습니다
사람의 마음은
깊고 깊은 강과 같고
생명 그 자체인 물 한 방울의 내면 같고
사이와 사이 같아

알 수 없고 이해하기 어려운 것이
헤아릴 수 없이 많습니다

사람과의 관계에 있어서
제가 할 수 있는 유일한 일은
받아들일 것인지 아닌지를 정하는 것뿐입니다

제게 있어서 가장 중요한 것은
사람 그 자체입니다
그것 보다 더 중요한 것은
아무 것도 없습니다

•

옛 어르신들 말씀이 정말 하나도 틀리지 않습니다. 나이드
니 일 년이 하루처럼 지납니다. 살같이 흐릅니다. 육십을
넘긴지도 여러 해가 되었건만 뭐 하나 신통하게 아는 것
이 없습니다. 아는 것이 없는 것 정도가 아니라 점점 모르
는 것들이 더 많아집니다. 세월 따라 흐르기만 한 듯합니
다. 저녁이 오고 밤이 깊어갑니다. 벗들 모두에게 은총 어
린 밤이 되기 바라는 마음입니다.

25.

말은 하지 않는 것이 좋습니다

말을 알아듣는 사람은
말을 하지 않아도 알아듣기 때문입니다
몸의 언어만으로도 충분히 듣고
삶만으로도 차고 넘치도록 소통할 수 있기 때문입니다

몸의 말, 삶의 언어를 듣지 못하는 사람은
말로 해도 알아듣지 못합니다

그러니 말은 별로 의미가 없습니다
오히려 많은 오해만 불러오기 쉽습니다

대부분의 사람들은 말로 무엇이든 하려고 합니다

사람을 만날 때에도 말을 하고
말로 믿음을 얻고 또는 가지려고 합니다

말로 얻는 믿음은 말일 뿐
그 사람이 평생 해온 몸짓이 아닙니다
삶은 더욱 아닙니다
그저 말일 뿐입니다

몸짓만으로
살아온 삶의 모습만으로
믿음을 가질 수 없는 관계라면
관계를 맺지 않는 것이 맞습니다

말은 속일 수 있으나
몸짓이나 살아온 삶의 모습은 속일 수 없습니다
진실합니다

내내 살아오며
행한 몸의 짓과 삶의 모습들보다
진실한 언어는 없습니다

그것만으로 충분합니다

굳이 입을 열어
말을 할 필요도 없고
말로 들으려 할 필요도 없습니다

존재 자체가
이미 말이기 때문입니다
진실된

28

모든 생명들은 저마다 다르다
꽃들도 나무도 저마다 다르다

동백은 겨울에 꽃 피우고
은목서는 가을에 꽃 피우고
목련은 봄에 꽃 피운다

국화는 가을에 꽃 피우고
장미는 여름에 꽃 피우고
찔레꽃은 초여름에 꽃 피우고
진달래는 봄에 꽃 피운다

왜 동백이 은목서나 목련과 성장속도가 같아야 하고
왜 국화가 찔레꽃과 장미가 진달래와 같은 날 꽃 피워야
하는가

어떻게 당신과 내가 같을 수가 있는가
왜 당신의 생각을 다른 사람에게 강요할 수 있는가
어떻게 다른 사람이 같은 생각을 하고 같은 행동을
할 수 있겠는가

그렇다면 그것이 어떻게 다른 사람인가

나와 다른 모습 그대로 존중하는 것이 상생이다

나와 다른 모습 그대로 존중하지 못하는 사람은
아무리 입으로 그럴 듯하게 상생의 삶을 설파해도
상생의 삶을 사는 사람이 아니며
상생의 삶을 살 수도 없는 사람이다

우리는 모두 저마다 다르고

다르기 때문에 마땅히 존중받아야 한다

다르기 때문에 서로를 살릴 수 있는 것이고
다르기 때문에 서로를 사랑하는 것이다
다르기 때문에 사람이다

29.

다시 만날 때에는
하늘의 호수에
영혼의 빛이 찰랑거리고 있을까

네가 거기 있는 만큼
멀리 떨어져 있는 나는
그만큼 멀리 떨어진 거리를 지나
너를 만나러 또 오겠지

떨어져 있어야
만날 수 있고
만남의 의미를 알 수 있는 것

아하, 그래서 봄이 오는구나

그렇게 안 올 것 같더니
벌써 봄이구나!

네게 온 봄이
내게도 오겠지
내 삶의 봄도 곧 오겠지

봄 지날 무렵
다시 네게 가마

네 몸 가로질러
아득히 먼 하늘로
다시 들어갈 수 있도록

새소리,
눈물나게 좋은
눈부신 아침이다

30.

늘 유년 시절에 비해서, 청년 시절에 비해서, 장년 시절에 비해서 조금씩 나아지고 있다고 생각했습니다. 생에 대한 통찰력도 깊어지고 삶을 대하는 자세도 성숙해졌는지 알았습니다. 하지만 노년의 초입이라 할 수 있는 육십을 여러 해 넘긴 이 나이에 돌아보니 뭐 하나 신통하게 나아진 것이 없습니다. 나아진 것이 아니라 오히려 더 퇴보하고 나빠진 것들이 더 많은 것 같습니다.

뭐, 아무려면 어떠냐
인생이 꼭 나아지기만 해야 하는 것도 아니고
살다보면 더 나빠질 수도, 퇴보할 수도 있는 것이지

그렇게 생각하며 위로도 해보지만
그리 위로가 되는 것만은 아닙니다

하지만 삶이 꼭 나아져야지만 의미 있는 것은 아닙니다
온 모습 그대로, 생긴 그대로 살아가는 삶도 충분히

의미 있고, 가치 있습니다

그저 오늘을 살아가는 것만으로도
삶은 충분히 의미 있고 가치 있습니다
고맙고 감사한 일입니다

밤 깊어갑니다
은총 어린 밤 되기 바랍니다

31.

바람 불어오면
저항했던 날들이 있었습니다
흔들리지 않으려 했습니다
극복하고 이기려 했습니다

하지만 어느 날부터는
흔들리고 넘어지고 뒤척입니다

그러다 바람 지나고
햇살 깃들면
또 순응하고 어우러집니다
그렇게
어우러져

꽃도 피고
열매도 거둡니다

32.

네가 왜 이렇게 예쁘게 피어나는지 알고 있지
네가 왜 이렇게 눈부시도록 샛노란 빛깔로 피어나는지
알고 있지

저 멀리 고려 말 묵호의 난 일어났던 그 시절부터
죽어나가기 시작했던 이 땅의 사람들이
조선이 들어선 이후에도 온갖 부역에 시달리다 죽어가고
저항하다 죽어 간 바다 한 가운데 영주섬의 사람들이
일제 36년 이리 저리 끌려 다니며 온갖 부역에 고통 받고
또 죽어가던 탐라의 사람들이
어찌저찌 꾸역꾸역 겨우겨우 살아남은 질긴 목숨들이
또 다시 4·3으로 떼죽음 당하던 바람 타는 섬의 사람들이
흘린 눈물과 탄식과 절망 때문이지

그 눈물과 탄식과 한과 숨결들 차곡차곡 쌓이고
쌓였기 때문이지
그래서 네 빛깔 그리도 샛노랗게 고운 것이겠지

그리도 곱고 고운데도 그리도 시리고 시린 것이겠지
그 숨결과 눈물들 닿지 않고 흘러들지 않은 땅이
이 섬 어디 있겠는가
그 한숨은 바람 되어 사방으로 흘러들며 섬
구석구석을 적시고
그 눈물은 비가 되어 이 척박한 땅을 흐르고 흘러
바다로 드니
바다는 그리 옥빛으로 출렁이는 것이겠지
어디 그 뿐인가
그렇게 쓰러져간 이들의 몸은 나무가 되고 숲이 되었지
그래서 바람 타는 섬의 숲들이 그리 깊고 무성한 것이지

그러니 말이야,
그러니 네 몸이라고 그들의 몸과 눈물과 숨결이
깃들지 않았겠는가
그들의 몸이, 숨결이, 눈물이 네 뿌리가 되었겠지
그들의 마음이, 품을 수밖에 없었던 희망이, 이어도를 노래

하던 삶이 네 줄기가 되었겠지
그 희망들이 피어나고 피어올라 네 빛이 그리도
샛노랗게 되었겠지
그래서 그리도 예쁘게 샛노랗게 피어 한줄기 여린
바람에도 한들한들 흔들리고 있는 것이겠지
그리도 눈부시도록 시리게 말이야
그리도 가슴 저미도록 아름답게 말이야
그래서 너를 보면 그리움 사무치는 것이야
그래서 말이야
그래서

•

다시 4·3이다. 4·3 평화공원의 백비는 여전히 백비인 채
로 다시 4·3을 맞는다. 마을 밖 동네 길 옆에 유채꽃 흐드
러지고 있다. 이 섬 어느 곳에 그 숨결과 눈물 어리지 않은
곳이 있던가. 노랗게 핀 유채꽃 하염없이 바라보다 품을
수밖에 없었던 그들의 희망에 가슴 젖는다. 아침, 안개 자
욱하다.

33.

휘감기고
짓눌리고
내몰리고
쓰러지고
엎어졌지만

그리 보기 나쁘지 않구나

휘감기고 짓눌리고 스러진 것이야
풀어내고 밀어내고 일어서면 되는 것이니
별 일도 아니고

휘감기도 짓눌리고 쓰러진 것조차
이리 바라보니 그리 나쁘지 않구나

서 있는 풀들과 둘러선 숲과 멀리 보이는 오름까지
저마다의 모습이 그럴 듯하구나

나도 너희들처럼
그리 멋스러울 수 있으면 참 좋겠구나
휘감기고 짓눌리고 쓰러져도

살면서 어디 한두 세네 번
세상살이에 휘감기고 짓눌리고 쓰러지지 않으며
살 수 있겠는가.
사람들에게 배신당하고 빼앗기고 내몰리고 상처 받지
않을 수 있겠는가.
그런 일이야 일상적이고 다반사이니
별 일 아닌데

그렇게 내몰리고 상처 받아도
멋스러움을 잃지 않았으면 좋겠구나.
품격을 잃지 않았으면 좋겠구나.

그래도 사람인데

풀들만큼이라도 최소한 닮고 싶은데 말이야
휘감기고
짓눌리고
내몰리고
쓰러지고
엎어졌지만

그리 보기 나쁘지만은 않구나
멋스러움이 그대로 살아 있구나

참 좋다

까짓, 사랑

34.

사랑은
이른 새벽 산 중의 숲에 드리우는
짙은 안개와 같고

삶은
그 무진의 안개 숲을 지나는
걸음과 같은 것

오지 않는 사랑을 기다리지 말아라
치열한 삶을 갈구하지 말아라

지나치게 진지하고
무슨 일에든 징조를 구하고
작은 일마다 의미를 부여하지 말아라

치열함은 아침 산보마저 위태롭게 만드니
아침 숲에서 지저귀는 새들의 노랫소리처럼

가볍게 청량하게 살아가라

머물려고 한다고 머물러지는 것도 아니고
떠나려고 한다고 떠나지는 것도 아니다

떠나야 자유로운 영혼은 떠날 것이고
머물러야 자유로운 영혼은 머물 것이다

삶은 새들의 노래를 들으며 걷는 아침 산보와 같고
사랑은 붉은 노을 속으로 들어가는 저녁 산책과 같은 것

사랑을 찾으려고 애쓰지 말아라
삶을 살아가려고 애쓰지 말아라

사랑은 사랑대로
삶은 삶대로

저마다
제 길을 가고
제 삶을 살아가도록
버려두면 되는 것이니

35.

아무개가 나를 찾아와
'나도 사랑하고 싶어요' 말하기에
'까짓, 사랑, 하면 되지, 뭘 망설이고 있는가'
그리 말해 버렸다

사랑이 뭐 별건가

애틋하게 품고 싶으나
아리도록 낯설어
가닿지 못하고 머물지 못하는 것이
사랑이니
그리움 품으시게

그리움 품으면
품이 되고 집이 되기도 하여
머물게 되는 것이니
그것이 또한 사랑이기도 하니

그리하시게

걸음 내딛으면
길 없는 곳에도 길 열리고
길 아닌 곳도 길 되는 것이 이치인데
사랑이라고 별 것이겠는가

그리하시게
그리하시게

남의 일이라고
속절없이
이리 말해 버렸다

36.

혼자삼아
사랑하며 살아가는 인생길에서
적적함과 쓸쓸함마저도 없다면
얼마나 외롭겠습니까

어스름 내리는 저녁
산길을 따라 난 길을 걷다가
어느 허름한 술집에서
홀로 한 잔 기울이는 것도

어둠 내리면
사람이 만든 소리라고는
아무 것도 들리지 않는
별 쏟아지는 마당에 홀로 앉아
꽃들 잠드는 소리를 듣는 것도

외로움을
외롭지 않게 하는
은총입니다
즐거움이고
행복입니다

오늘 밤도

37

참으로 누군가와 함께 하고 싶다면
때로 나의 생각이나 주장 등을 온전히 버릴 수 있어야 한다.
설혹 내 생각이나 주장이 아무리 옳아 보인다고 하더라도
내 생각이나 주장이 틀리거나 가치가 없어서가 아니라
'함께 하는 것'이 내 생각이나 주장보다
훨씬 더 큰 힘을 발휘하기 때문이다
더 소중한 가치이기 때문이다

그러니 누군가와 함께 하고 싶다면
내 생각이나 주장을 깨끗이 포기할만한 마음의 준비가
있어야 한다
내 것은 전혀 포기하지 않으면서
내 생각이나 주장만이 옳다고 주장하고
나와 다른 생각을 하는 이들을 평가하고 비난하고
때로는 정말 듣기 험한 말로 단죄까지 하면서
함께 하지 않는다고 비판하고
때로는 비아냥거리는 것은

함께 하지 않겠다는 선언과 조금도 다르지 않다

함께 할 수 있는 사람들
함께 할 준비가 되어 있는 사람들만이
함께 하는 것이다

함께 할 생각이 없다면
자신의 주장이나 생각만을 부르짖는 것을 탓할 생각은
전혀 없다
하지만 나와 다른 사람들과 함께 할 생각이 있다면
내가 먼저 나를 내어놓아야 한다

나를 내어놓는다고 해서
내 생각이나 주장이 사라지는 것은 아니다
함께 하게 되면 얼마든지 그 안에서 함께 토론하고 하나
될 수 있다

그러니 말들을 조금 자제하고 자중하기 바란다
주장하고 싶은 말들이 가슴에 차고 넘칠 때
조금만 자중하기 바란다
말로 상처 받는 것은
칼에 찔리는 것보다 더 깊은 상흔을 남긴다

우리끼리 상처를 남겨서 어쩌자는 것인가

토닥이고 부추기며 함께 가자

내 말이나 주장을 조금 아끼면
그렇게 할 수 있다

40.

누군가를 사랑한다는 것은
눈 내리는 숲길을 홀로 걷듯
쓸쓸한 일이다

나이 들어간다는 것은
사랑조차도 그렇게 쓸쓸하게 한다

하지만
이 쓸쓸함마저 없다면
길고도 긴 남은 생을 어찌 홀로 이어갈 수 있겠는가
길고도 긴 남은 삶을 어찌 홀로 살아갈 수 있겠는가
쓸쓸함은 가장 가까운 벗이다
마음의 말을 나누는

다투고 울고
화내고 넋두리하고
미워하고 사랑하며

남아 있는 길고도 먼 길을
외롭지 않게 쓸쓸하지 않게
벗하여 걸어가게 한다

쓸쓸함은,
은총이다

•

고개를 드니 창 밖에는 여전히 눈 내리고 있습니다. 펑펑
쏟아지듯 내려옵니다. 적멸의 고요함 속에 내리는 눈을 무
심히 바라보다 문득, 산사에 든 듯하였습니다. 폭설로 길을
잃고 찾아든 낯선 산사에서 하룻밤 신세를 지고, 아름다운
정경에 발이 묶인 듯하였습니다. 적멸이라니, 사각사각 눈
내리는 소리가 마음속에 소복소복 쌓이고 있습니다.

41.

젊은 날, 소위 운동이라는 것을 시작하면서 일관되게 노력해온 것이 있었다. '닮기'였다. 닮기 위해 노력했다. 당시 재건대라고 불리던 넝마주의 집단과 함께 할 때는 그들처럼 커다란 스텐 밥그릇으로 소주를 마시며 녹슨 철길 위에서 밤을 지새웠다. 고물 주우러 다니다 쥐약 먹고 죽은 개를 발견하면 일 멈추고 돌아와 내장을 긁어낸 후 종일 삶았다. 그날 밤은 별 쏟아져 내리는 철길에 걸터앉아 동료들과 가족들과 함께 천국 같은 잔치를 벌였다.

지금은 힐튼 호텔이 들어선 서울역 앞 양동에서는 부랑자, 걸인, 매춘부들과 마음 나누고 삶을 이해하려 했다. 지금은 아파트 빼곡하게 들어선 시흥2동 산동네에 있을 때에는 주민들과 몸과 마음이 하나가 되고자, 책도 버리고 함께 어울렸다. 막걸리 꽤나 마셨다. 노동운동을 할 때에는 노동자로 살기 원했고, 그들과 함께 먹고 마시고 싸웠다. 그렇게 함께 살아가며 닮아가다 보니 거칠어졌다. 욕도 잘하게 되었고, 몸을 상할 정도로 술도 마셨다.

그 당시에는 당연하고 자연스러운 일들이었다. 하지만 그런 삶을 살아가는 과정 속에서 나는 조금씩 본래의 나를 잃어가고 있었다.

특히, 내가 믿고 사랑했던 노동자들, 민중들, 활동가들, 벗들의 변절이나 배신으로 인해 받은 여러 차례의 고통은 내게 깊은 상처를 남겼다. 그러나 그들의 배신이나 변절 보다 더 깊은 고통을 주고 상처를 남긴 것이 있었다.

그것은 그들의 좌절이었으며, 그들의 좌절을 그저 지켜보는 것 외에는 아무 것도 할 수 없었던 나의 무력감이었다. 나는 그들이 스스로 그 깊은 고통과 좌절감에서 걸어나오기를 기다리는 것 외에는, 할 수 있는 것이 아무 것도 없었다.

나를 괴롭히고 고통스럽게 한 것은 이런 것들만이 아니었다.

젊은 날을 통째로 바친 적들과의 끊임없는 싸움은 더욱 나를 괴롭혔다. 이 싸움은 나를 변화시켰다. 나는 적들과 싸우며 적들을 닮아갔다. 그들처럼 거칠어지고 교만해졌다. 그들처럼 폭력을 당연시 여기고, 그들처럼 나와 다른 생각, 다른 행동을 하는 이들을 용납하지 못했다. 나는 역사와 민중을 위해 이렇게 열심히 살고 있으니 대접 받아 마땅하다고 스스로 생각하기도 했다.

적들과 싸우는 동안 적들을 닮아가며 나 자신을 잃어버린 것이다. 나의 내면을 들여다 보는 노력을 어느 순간부터 하지 않고 있었던 것이다.

그런 의미에서 보면 내 지나온 나의 삶은 실패이다. 완전한 패배라고 할 수 있다. 허접한 삶이다.

나는 '닮아가기'를 그만 두었다. 나 자신을 잃어가면서 싸우게 되는 싸움을 멈췄다. 싸우더라도 나 자신을 지키며 싸우게 되었다. 애써 노력해야만 할 수 있는 일들을 하려는 시도를 하지 않게 되었다.

나는 본래 내 모습대로, 부족하고 겁 많고 어리석은 모습 그대로 살기로 했다.

나댐 없이, 뻗댐 없이, 드러남 없이, 오고 간 흔적 없이 조용히 머물다 그대로 소멸되기를 바라고 있다. 고요하게.

·

아침 되어 눈발이 약해졌다. 완전무장하고 등산화까지 신고 나가 길고양이들이 다닐 수 있게 길도 내주고, 밥도 주고, 간식도 주었다. 눈이 다 내렸나, 싶더니 다시 쏟아진다. 이미 30cm 정도는 쌓인 것 같다. 바람에 쓸려 쌓인 곳은 50cm 정도는 될 듯하다. 여전히 눈 내리는 산 중의 아침이다.

42.

인생은 이별이다. 수많은 떠남으로 채워져 있다. 태어나며 만났던 모든 것들, 소중하게 느꼈던 모든 것들이 하나 둘 떠나는 것을 지켜보는 일이다. 소중한 이들, 소중한 것들을 잃어가는 일을 감당하는 것이다. 그런 일들을 통해 삶은 깊어지고 우리는 성장하는지도 모르겠다.

젊은 날 산동네의 작은 교회에서 목회를 하며 빈민운동을 하던 나는, 교회를 떠나 지방의 어느 공장에 들어갔다. 당시는 끊임없이 경찰들의 감시와 추적을 받고 있어서 내가 어느 지방에 있는 아는 사람은 서너명 정도였을 뿐이었다. 그 중에서도 내 자취방을 아는 사람은 두세 명 정도였다. 서울에서는 단 한 명만 내가 있는 곳을 알고 있었다. 그때 어머니가 돌아가셨다. 가족들은 내가 있는 곳을 알지 못하니 연락할 방법이 없었다. 내가 산동네에서 목회 할 때 몇 번 찾아 왔었던 작은 누님이 이리저리 수소문했고, 그 수소문의 내용을 들은 그 후배가 또 다른 후배를 보내 연락해 왔다. 그날 밤을 잊을 수 없다. 내 방문을 열고, '저 아무개예요. 형 어머니가 돌아가셨데요.'라고 말했던 그 순간 말이다. 나는 그날 밤으로 서울로 돌아왔다. 나를 기다리고 기다리다 더 이상 기다릴 수 없어 막 관 뚜껑을 닫으려는 순간에 도착했다. 잠드신 어머니 얼굴을 잠시나마 뵐 수 있었다.

어머니의 기억만이 아니다. 함께 생명을 나누며 한 시대를 넘었던 많은 벗들을 하나, 둘 잃어가며, 소중한 것들을 잃어가는 것이 우리 삶에 무슨 의미가 있는가, 하는 생각을 늘 하곤 했다. 아파하며 흘려보내기만은 너무나 그 시간들이 아깝고 소중했기 때문이었던 것 같다. 무엇인가 찾고자 했던 것 같다. 그래야 위로 받을 것만 같았다.

하지만 그때 뿐이지, 의미를 찾는 것 또한 무슨 의미가 있었겠는가. 떠날 것은 떠나고, 올 것은 오는 것이 삶이고, 생인 것인데.

그저 하루를 살아갈 뿐이다. 다가오는 매 순간을 충실하게 살아갈 뿐이다. 지나가는 매 순간을 살뜰하게 떠나보낼 뿐이다. 어제와 다른 오늘에 감사하며 매 순간 새롭게 살아갈 뿐이다. 중요한 것은 만남이나 이별이 아니라 그 순간들을 살아가고 있는 나 자신이다.

길 끊기니 참 좋습니다

43

꽃을 심는 것도
향기에 흠뻑 젖어드는 것도

시든 치자나무꽃을 잘라주는 것도
장맛비에 녹아내린 제라니움 꽃잎을 떼어주는 것도
시든 꽃이 떨어지는 것도

뒷마당의 잡풀을 뽑는 것도
땅 깊은 곳까지 젖어들도록 물을 주는 것도

눈꽃으로 피어난
붉은 동백을 바라보는 것도

모두 혁명이다

총과 칼을 들어야만 혁명이 아니다
상처 받은 이의 말에 마음 기울이는 것도

손 내밀어 가슴으로 안아주는 것도
따뜻한 밥 나누며 함께 웃고 우는 것도

외로운 길 홀로 걷는 것도
덜 힘든 길 함께 걷는 것도

말하는 것도
숨 쉬는 것도
애정하는 것도

모두 혁명이다

삶의 매 순간이
변화이고 혁명이다

•

일상을 살아가고 일상에 머물고 일상을 변화시켜 새로운
일상에서, 날마다 살아갈 뿐이다.

44.

시야가 좋은 것을 관점이 바른 것으로 착각하는 이들이 적지 않다. 속이 좁은 것을 원칙이 분명한 것으로 착각하는 이들 또한 적지 않다.

시야가 좁으니 자신만이 옳은 줄 안다. 마치 장님 코끼리 만졌다는 이야기와 같다. 늘 비난하고 원망하고 저주한다. 또한 속은 좁으니 잘 삐지고 잘 상한다. 자신의 감정에 빠져들어 자신을 다스리지 못한다. 그런 자신을 인정하지 못해 스스로 '원칙이 분명한 사람'이라고 생각한다. 그래야 마음이 편하기 때문이다.

생존을 위한 방편이니 이해 못할 것은 아니나 특별히 해줄 말은 없다. 그저 잘 살아가기를 바랄 뿐이다. 삶이란 저마다 살아가는 것이니까.

45.

눈은 여전히 내리고 있습니다
세상의 모든 눈이 내리는 듯합니다

길 끊기니 참 좋습니다

눈 내리지 않는 봄, 가을날에도
여러 날 집에만 머문 적이 자주 있었습니다
하지만 길은 늘 열려 있었습니다

그런데, 길 끊겨 고립되니
길 끊겼다는 것도 절로 잊게 되고
어딘가를 가야한다는 생각도 절로 사라지니
오히려 더 자유로워지고 참으로 좋습니다

정신은 더욱 맑아지고 자유로워져
집에 머물고 있지만 공간에 구애 받음 없이
어느 곳에도 있고

어느 곳에도 없는 듯합니다

섬 중의 섬이고
그러한 세계에 그러하게 머무르니
도솔천이 따로 없는 듯합니다

절로 마음을 향해
두 손 모으는 아침입니다

46.

진정한 충만, 최고의 영성은 알지 못하는 세계를 알고 보이지 않는 것들을 보는 것이 아닙니다. 사람들과 더불어 살아가는 것, 나와 다른 결을 지닌 사람들과 어우러지는 것, 뭇 생명들과 함께 어우러져 서로를 지키고 살리며 살아가는 것입니다 이것이 참다운 능력입니다.

천국을 말하는 사람들은 천국에 들어 있지 않은 사람들입니다. 천국을 알지 못하는 사람들입니다. 천국에 들어 있는 사람들은, 천국을 아는 사람들은 천국을 말하지 않습니다. 이미 소유하고 있는 것을 어찌 또 다시 소유하겠다고 결심하고 그것을 떠벌리겠습니까. 그저 하늘의 사람으로 살아갈 뿐입니다.

평화를 원하는 사람도 그렇습니다. 평화를 원한다고 하면서 평화를 마음에 품지 못한 사람들이 많습니다. 제 마음에 평화를 품지 못했는데도 어찌 평화를 이루겠습니까. 그러니 평화를 말하면서 늘 불평하고 불만을 드러낼 뿐입니다. 평화를 위해 참고 견디며 무엇인가 이루려고 하지 않고 그저 울분만을 토하며 비난하고 비아냥거릴 뿐입니다. 때로 끝이 좋지 않을 것이라고 저주도 합니다. 말만 무성합니다. 자신만이 옳은 줄 압니다. 다른 사람들은 자신처럼 평화를 사랑하지 않는다고 생각합니다. 참으로 오만하고, 어리석기 그지없는 일입니다. 평화는 오직 평화로만 얻어집니다. 그러니 참으로 평화를 원한다면 내 안에, 우리 안에 먼저 평화를 심어야 합니다. 그렇게 시작해야 합니다.

47.

내 삶이라고 하지만 나 혼자만의 숨결로 이뤄진 것은 아닙니다. 수많은 사람들의 숨결이 깃들어 한 사람의 삶이 이뤄진 것입니다. 부모님이나 가족, 나를 사랑해준 사람들의 숨결만 깃들어 있는 것이 아닙니다. 내게 상처를 준 사람들의 숨결과 행위들도 내 삶을 이루고 있습니다. 내 삶은 나만의 것이 아닙니다. 모두의 것이기도 합니다. 내 삶에서 내 것이 아닌 것을 뺀다면 나라는 존재는 아마도 흔적도 없이 사라질 것입니다. 그러니 어찌 내게 일어난 모든 일에 고마워하지 않을 수 있겠습니까. 어찌 모든 사람들에게 감사하지 않을 수 있겠습니까. 사랑하며 살아가는 것은 마땅하고 당연한 일입니다.

48.

생이란 선물로 주어지고
삶이란 그 선물을 되새기고 품어
다른 이들과 나누는 시간이다

가족이라는 이름으로
친구 혹은 이웃이라는 이름으로
우리 곁에 있는 이들은
그 선물을 받기 위해 온 것이다

그러니 한껏 사랑해도
다른 누구보다 좀 더 깊이 사랑하고
좀 더 살펴줘도 괜찮다

그렇게 살아가라고
주어진 시간이고
맡긴 것이니
삶이란,

49.

풀들 참 좋다

이 땅을 지키고
사람들을 살리는 풀이다
수많은 생명을 품어 안고 살려간다

참으로 이 땅의 민중들을 닮았다

모든 생명을 품어 살리지만
아무도 눈길을 주지 않는 민중들을 닮았다
이 땅의 주인이지만 천대 받는 것 또한 빼낸 듯 닮았다
하지만 끝내 죽지 않고 살아
아름다운 꽃을 피우고
수많은 생명을 살리는 것도
그린 듯 닮았다

모든 풀들은

저마다의 생이 있고 삶이 있다
이름이 있다

우리가 모를 뿐이다
이름 없는 풀이란 없다

마음에 쌓여 있는
이름 없이 잊혀져간 풀들을
하나하나 마음을 짚어가며 부른다

참으로 그립다

풀들 참 좋다

50.

살아온 날 보다는
살아갈 날이 소중하지 않겠는가
하지만 살아온 날을 소중히 여기지 못한다면
살아갈 날 또한 지킬 수 없네

삶은
흐르는 강물 같고
쏟아지는 은하수와 같은 것
호흡 하나에 의지하여 살아온 생이
강물 같고 은하수와 같았으니
그만하면 성공한 삶이었지 않은가
이만하면 아름답지 않았는가

그대 또한
지나온 삶을 돌아보시게
살아갈 날들이 그 안에 있으니
생은 부질없으나

삶은 아름다운 것
이제 그만 다투시게

삶이란 싸워 이루는 것이 아니라
함께 눈물 흘리고 함께 기뻐하며
어우러져 살아갈 때에만 풍성해지는 것이니

다른 사람을 변화시키는 것이 아니라
내가 변화될 때 깊어지는 것이니

이제 그만하고
나와 함께 걸어가세

흐르는 강물 위로
쏟아져 내리는 은하수 바라보며
막걸리나 한 잔 하세
밤 깊고 좋으니 말일세

51.

깊은 슬픔이 있더라도
슬픔을 버리지는 않습니다
슬픔은 기쁨에 닿아 있기 때문입니다
슬픔도 때로 큰 힘이 됩니다

상처로 인한 아픔이나 고통이 끝이
늘 절망으로 끝나는 것은 아닙니다
그것은 치유와 해방의 희열에 닿아있습니다

병도 잘 다스리면
구원의 은총이 됩니다

고통과 절망으로 흘리는 눈물이
치유의 강으로 흘러들고
희망의 언덕까지 닿아 있는 것처럼 말입니다

그러니 눈물은 더 이상 그저 눈물이 아닙니다

기쁨이기도 하고 희망이기도 하고 구원이기도 합니다.

영혼은 비움으로 넘치게
몸은 탄탄하며 유연하게
마음은 산뜻하고 즐겁게
걸음은 굳세나 가볍게

새해를 맞아 품어 보는 바람입니다

벗들 모두, 마음 가볍고 걸음 굳센 한 해 되시기 바랍니다
저마다의 바람을 이루시는 은총이 함께 하시기 바랍니다

52.

때로 마음 지치고 힘들 때면 손두익 선생님 집의 문패를 떠올린다. 전기계량기 아래쪽에 싸인펜으로 '손두익'이라고 조그맣게 써놓았다.

손두익 선생님은 1974년에 있었던 '울릉도간첩단 사건'의 생존자이다. 하루아침에 안기부에 끌려가 고문 끝에 간첩이 되었다. 고문으로 간첩이 된 울릉도간첩단 사건의 연루자들은 형을 살고 나온 후에도 평생 살아온 섬에서 더 이상 살 수 없어 저마다 떠나야만 했다.

하지만 손두익 선생님만은 모진 멸시와 박해를 받으면서도 섬에 남으셨다. 선주였던 삶은 사라졌다. 모든 재산까지 다 빼앗기고 섬에 남아 하루, 하루 연명하며 살아가셨다. 선생님의 삶을 나는 도저히 헤아릴 수 없다. 하지만 계량기 문패를 보는 순간 모든 것을 다 알 수 있을 것 같았다.

《울릉도1974》를 쓰기 위해 선생님을 뵈러 울릉도로 들어갔던 날, 손으로 쓴 문패를 봤던 순간을 잊을 수 없다. 산동네에서는 드물지 않게 볼 수 있었던 저 문패가 잊히지 않았던 이유는 선생님의 삶 때문이었을 것이다. 그런 탓에, 이런 저런 이유로 지치고 힘들게 느껴질 때면 선생님 댁의 문패를 떠올린다.

선생님, 아직 건강 하시지요? 늘 찾아뵙지 못해 너무 송구합니다. 송구한 마음 이를 데 없습니다. 새해에는 섬에 들어가 뵐 수 있으면 좋겠습니다. 건강 잘 챙기세요.

아무개 선생에게

53

아무개 선생에게,

너무 일이 많지요?
언제나 일과 사람들에 치여 분주하시니 좀 걱정이 돼요.
몸 상할까 말이에요
몸 상하면 마음도 상할 것이니

하여, 부탁하고 싶은 말이 있어요

일 보다는 살아가는 일에 정성을 기울였으면 좋겠어요
그 어떤 무엇 보다 자신에게 먼저 정성을 기울였으면
좋겠어요

정성을 들이는데도 순서가 있어요

생각 보다는 마음에 정성을 기울여야 해요
마음 보다는 몸에 정성을 기울여야 해요

몸에 익어야 마음도 잊지 않게 되는 것이고
마음이 잊지 않아야 생각도 여물고 깊어지는 것이니

몸을 좀 살피시며 일 하세요
몸을 굳건히 세워야 마음도 생각도 지켜낼 수 있는 것이니

다른 사람들에게만 성의를 다하시지 말고
자신을 위해서도 성의를 다하시면 좋겠어요
자신의 삶을 위해 먼저 성의를 다 하세요

이 삶은
아무개 선생에게 맡기면
잘 지키며 살아낼 것 같아 맡긴 것이니

부탁 받은 삶이에요
그저 내 삶, 내 것이니 내 맘대로 해도 되는 삶이
아니잖아요

그러니 부디 잘 살피고 돌보고 지키며 살아가시기를

좋은 날 되세요
평안 하시기를 ^^

54.

늘 벗들에게 감사하고 있습니다

상처 없이 사는 사람이 어디 있겠습니까
저도 마찬가지이고요

상처란 것이 원래 믿고 사랑하는 사람들에게 받는 것입니다
믿고 사랑하는 사람들이 아닌 사람들에게 받는 것이라면
상처라고 할 것도 없겠지요
그저 그 당시 잠시 아프고 말겠지요

대체적으로 사람들을 잘 믿고 깊이 사랑하는 사람들이
상처를 잘 받게 마련입니다
저도 그런 편이지요
해서, 저도 여러 차례 그런 상처를 받았지요
믿고 있는 사람들에게 받는 상처는 상흔도 오래 남고
그 영향도 오랫동안 미치지요
사람에게서 받은 상처들은

사람으로부터 치유 받게 마련입니다

선배이건 후배이건 가릴 것 없이
좋은 사람, 좋은 벗들은 기분 좋게 합니다
그리고, 그 '기분 좋음'은
마음 깊은 곳에 남아 있는 상처들을 절로 치유해줍니다

이것이 제가
벗들에게 늘 감사하는 이유입니다

벗들, 모두에게 참으로 고맙다는 말씀드립니다

당신들로 인해
때로 상처 받고 때로 힘들더라도
늘 감사하며 즐겁게 살아갈 수 있습니다
희망을 놓지 않고 살아가고 있습니다
그리움을 잃어버리지 않고

마음껏 그리워하며 지내고 있습니다

다시 또 상처 받더라도
상처 받음을 두려워하지 않고
깊이 신뢰하고 사랑하며
매 순간을 기쁜 마음으로 오롯이 받아들이고 있습니다

55

아무개 선생에게,

아는 것이라고 어찌 함부로 말할 수 있겠는가
내일이면 모르는 것이 될 것인데 말일세
다른 사람들의 말이나 평가 따위 신경 쓸 것이 무언가
그저 오늘 아는 만큼 살아가면 될 것을
그렇지 않은가 말일세

나는 말일세
가능하면 적게 일을 하고 싶다는 소망을 지니고 있네
할 수 있는 것이라고 다 하고 싶지도 않고,
하려고 하지도 않네
내가 하는 일이 적을수록 이 세상에 도움이 될테니 말일세

욕심은 언제나 좋은 결과를
가져 올 수 없는 것을 잘 아시지 않는가
좋은 욕심이란 없네

욕심은 그저 욕심일 뿐
그래서 하는 말일세

가질 수 있는 것이라고 다 가지지 마시게
얻을 수 있는 것이라고 다 얻지도 마시게
품을 수 있는 것이라고 다 품지도 마시게

나는 때로 물러나 고요히 머물고 싶지만
그것이 홀로 살고 싶다는 말은 당연히 아니네
사람이 어찌 홀로 살겠는가
내가 도인도 아니고 또 그리 될 수 있는 사람도 아니고

삶이란
사람들과 늘 함께
사람들 안에서 살아가는 것이지

나도 그런 삶을 꿈꾸고 있네

사람들 안에서 함께 살아가면서도
물러나 고요히 머물고 있는 듯
마음을 잃지 않고 살아가는 삶 말일세

그게 나이 들어가며
바라고 있는 내 삶의 모습일세

그러니 내 인생의 남은 날들을 살아가는
내 모습은 보지 않아도 알 수 있네

물러설 수 있는 것보다 언제나 조금 더 물러서고
비울 수 있는 것 보다 언제나 조금 더 비우는 모습이 되겠지

내 삶에 한 번 끼어들고 싶다 하셨는가

언제든 편할 때 오시게
그 정도 소란이야 어찌 나누지 못하겠는가
고단한 삶을 살아가는 인생들끼리 말일세

요즘 같은, 겨울을 기다리는 깊은 가을날에

녹두빈대떡에 막걸리 한 잔 하면 좋겠지
살아가는 날들마다
다함없이 너그러워지기 바라네
맑고 향기로운 날 되시게

•

지난 저녁부터 내린 비가 밤을 지나 왔습니다. 비 내리는 아침입니다. 산 중의 숲들은 가을이 깊어가고 있다고 말합니다. 몸 깊이 품어 드러내지 않던 빛들을 드러냅니다. 나뭇잎들은 빛의 옷을 입고 드러나지 않는 찬란함을 드러냅니다. 세월의 깊이 드리운 고가의 풍경처럼 묵직하고 먹먹한 찬란함입니다. 어찌 보면 그 세월의 흔적 때문에 슬픈 것인지도 모르겠습니다. 언제나 아름다운 것은 슬프기도 합니다. 아름답고 슬픈 계절이 지나고 있습니다. 소리 없이 빛나고, 드러내지 않아도 보이는, 그런 아름다움이 서성이고 있습니다. 언제나 눈에 두고 보고 싶지만, 아름다움은 지키기 어려운 법입니다. 좋은 것들은 지키기 어렵습니다. 가치있는 것들은 스치듯 지나갑니다. 오고가는 것이야 자연의 이치겠지만, 기다리는 것은 허망함을 쫓는 사람의 이치이기도 합니다. 저는 이런 허망함이 좋습니다. 그런 탓에, 지킬 수도 없는 또 다른 아름다움을 기다리고 있습니다.

56.

몸을 잘 지키시게
그래야 마음도 지킬 수 있으니
그래야 생각도 품고 버리고 자라게 할 수 있으니

말도 몸으로 하는 것이 좋아
굳이 입을 열어 쏟아내는
이런 저런 정리도 되지 않고 다듬어지지도 않은
여기저기서 혹은 다른 이들에게 들은 말들은
별로 좋은 말이 아니네

자신의 말도 아니고
몸으로 하는 말이 자신의 말이지
굳이 입을 열어 말하지 않아도 전해지는 몸의 말들 말이야

어디 말 뿐인가
생각도 그러하지
생각은 발로 하는 것이 좋네

머리로만 하는 생각은
대부분 자신의 생각이 아니기도 하고
또 자신의 생각이 되기도 어렵지

발로 하는 생각은
살아있는 자신만의 생각이고
또 자신만의 생각으로 여물게 되지

생각도 말도
몸으로 하는 것이 좋지

그러니 어찌 몸을 잘 간수하지 않겠는가

몸을 잘 간수하시게
몸으로 하는 노동을 즐기시게

시간 내어

처지에 따라 상태에 맞게
몸 단련도 하시게
몸을 지켜야
마음도 살릴 수 있고
생각도 품어 자라게 할 수 있으니 말일세
영혼도 편안히 깃들 수 있으니 말일세

그런 날들 되시게

57.

몇몇 벗들에게 보내는 편지

백두대간 깊고 깊은 산길을 걷다보면 길을 벗어나야 할 때가 있습니다. 산길 벗어나 숲 그늘에 지친 몸 기대 쉬어야할 때가 있습니다, 그래야만 결코 끝나지 않을 것 같은 멀고 먼 백두대간 남쪽 길 1,000km를 끝내 걸을 수 있습니다.

길을 걷는 것만 해도 그렇습니다. 어떻게 늘 앞서 걸을 수 있겠습니까. 앞서 걸을 때도 있고 후미에서 천천히 걸을 때도 있습니다. 지쳐서 후미에서 걷는 것이 아닙니다. 빨리 가지 않기 위함입니다. 천천히 걷는 것입니다. 나무와 풀, 바람과 구름과 함께 걷기 위해 마음 나누며 걷는 것입니다.

어쩌다 이렇게까지 되었는지는 잘 모르겠지만, 우리 사회에서 무너진 것들이 너무 많다 보니 해야 할 일들도 많고 도움을 요청하는 손길들도 매우 많아졌습니다. 페이스북에서만 봐도 끊임없이 올라오는 집회 소식, 연대를 필요로

하는 소식들이 쏟아져 나오고 있습니다. 때로는 이 공간에 들어오는 것이 부담스러울 정도입니다.

늘 길을 떠나면 안되고, 늘 앞서 걸어야 하고, 늘 함께 걸어야 한다는 생각 때문에, 함께 할 수 없으면서도, 함께 하지 못한다는 현실로 인해 힘들어 하고 괴로워하는 이들을 봅니다. 모두 제가 사랑하는 벗들입니다. 지난 세월 누구보다 앞서 걸었던 분들입니다. 뒤에 오고 있는 사람들을 위해 돌부리를 치우고 가지들을 걷어내며 걸어오신 분들입니다. 누구보다 생명을 걸고 살아왔던 분들입니다. 마음과 몸을 다해 헌신했던 분들입니다. 인생의 남은 날들을 또 그렇게 살아가실 분들입니다.

그분들에게 드리고 싶은 말이 있습니다.

그런 마음의 짐에서 벗어나시면 좋겠습니다. 어떻게 늘 앞서 걸을 수 있겠습니까. 어떻게 늘 함께 할 수 있겠습니까.

때로는 숲 그늘에 몸 기대어 쉬어야 합니다. 지친 몸 추스르기 위해서 쉬기도 해야 하지만 마음을 새롭게 하기 위해서라도 그리해야 합니다. 그래야만 어긋난 길을 가지 않을 수 있습니다.

좀 편히 쉬시기 바랍니다. 여건이 되시면, 지금이야 여행 다니기가 어렵지만, 상황이 좀 편해지면 먼 다른 나라로 여행을 가시기도 하시고, 제주에도 오셔서 맛난 것도 드시고 산책도 즐기시며 마음 편히 쉬실 수 있기 바랍니다. 그래야 결코 끝나지 않을 것 같은 먼 길을 끝내 걸을 수 있습니다. 그래야 발걸음 다시 내디딜 수 있습니다. 새로운 발걸음을 뗄 수 있습니다.

마음 깊은 사랑을 보내며
두 손 가지런히 모읍니다.

58.

아무개는 지리산 실상사 부근으로 들어갔고, 아무개는 오랜 날들의 작업을 정리하러 머물던 곳으로 갔고, 아무개는 그가 돌보고 있는 닭, 토끼, 돼지들이 기다리는 곳으로 돌아갔고, 아무개는 새로운 일을 시작하기 위해 우리 모두보다 먼저 길을 떠났고, 아무개는 지나는 이들을 다시 맞이하기 위해 있던 자리에 그대로 머물렀다.

우리는 서로를 남겨둔 채 돌아가고 떠나고 머물렀다. 서로를 떠남으로 자신에게서도 떠났고, 자신을 서로에게 내어줌으로 자신을 지켰다. 남기고, 떠나고, 돌아가고, 들어가며 늘 무엇인가 하고 있었지만 사실은 늘 하나의 행위였을 뿐이다. 떠나는 것이 곧 돌아가는 것이었고, 남겨두는 것이 곧 들어가는 것이었다.

한 시절 우리는 그렇게 서로를 지킴으로 우리 자신을 지키며 살아왔지만, 어찌 그런다고 자신을 지킬 수 있을까. 자신은 자신이 걸어온 걸음으로만 지킬 수 있는 것이다. 마

음의 말들과 쏟아 놓은 삶의 시간들만이 자신의 삶을 지킬
수 있는 것이다. 수많은 날들이 지나고 우리는 저마다의
자리에서 제 삶을 살아가고 있다. 자신의 걸음으로.

●

지난 밤 많은 비 내렸습니다. 여름 장맛비처럼 내렸습니다.
집 뒤편 계곡을 채우고 흐릅니다. '우르릉~ 우웅~' 천둥
같은 소리를 내며 흐릅니다. 잠들었던 영혼이 몸을 일으켜
세우는 듯 몸 안이 울려납니다. 올 겨울은 폭설과 폭우 사
이를 서성이는 듯합니다.

59.

아우님에게

언제였던가
내게 혁명가로 살고 싶다고 말하셨지
참으로 혁명가적 삶을 원한다면 이렇게 살아가시게

흔적을 남기려 하지 마시게

흔적 없이 살아가시게
발자취를 남기려 하지 마시게
자네가 지나온 길을 다른 이들이 알지 못하게 그리 사시게
지나온 듯 아니 지난 듯 그리 살아가시게

불꽃처럼 살지 마시게

물처럼 낮고 낮은 곳으로 흐르고 흐르며
조용히 모든 것들과 하나 되어 흐르시게

물처럼 고요히 머무르며 스며드시게

굵고 짧게 살려고 하지도 마시게

가늘고 길게 살아남으시게
가늘고 길게 살아남아
가늘고 긴 삶을 살아가는 다른 이들과 어울려
가로 세로로 튼튼히 천을 엮듯이
날줄 씨줄로 단단히 삶을 짜시게
이 사람 저 사람 모두 발 딛고 몸 기댈 수 있도록
단단한 세상을 이루시게

유명해지려 하지 마시게
무명해지려 마음 쓰시게

운동을 한다는 이유로
운동의 대의 어쩌고, 민중의 이익 저쩌고

시대의 흐름이 어쩌고 저쩌고 하며
거짓을 말하고 삿된 행동을 하지 마시게
언제나 어떤 경우에도
오직 진실 되고 정직하게 말하고 행동하시게

이만하면 되었네
아니 한 가지 더 있네

무엇보다도 민중을 사랑하시게
사람을 사랑하시게

어떤 경우에도 사람을 활용하거나 이용하지 마시게
그런 마음조차 품지 마시게

사람을 존중하고 사랑하는 마음으로부터
운동이라는 것은 시작되는 것이네

그 외의 것은 모두 운동이라는 이름을 쓰기는 하나
사람을 도구로 쓰기 위한
권력을 향한 삿된 시도들일 뿐이네
참된 운동이 아니네

하물며 어찌 진보 운운 하겠는가
그런 자들이 권력을 얻게 되면
사람들은 그저 통치의 대상이 될 뿐이네
지금과 다를 바 하나도 없게 될 것일세

한 가지 더 말해주고 싶군

아무리 바쁘고 분주하더라도
하루에 몇 시간, 일주일에 하루, 이틀은
자신을 위해 시간을 쓰시게
숲길 걸으며 숲의 소리도 듣고 마음의 소리도 들으시게
마음 비우고 쉬기도 하시게

혁명가는 반드시 자신을 지킬 수 있어야 하네
그것은 혁명가의 가장 기본적인 자질이니 잊지 마시게

이런 사람만이 참된 혁명가가 될 수 있네
혁명가적 삶을 살아갈 수 있는 것이네

내가 해 줄 수 있는 말들은 고작 이런 정도일세
이런 말을 하려니 좀 쑥스럽구만
늘 마음을 편히 하시게
몸도 강건히 하고

가끔은, 함께
걸을 수 있기 바라네

60.

삶은 늘 등 뒤에 있어 바라 볼 수 없지
걸음을 멈추고 돌아봐야 볼 수 있지 않은가
앞으로 나아가는 동안은 삶은 보이지 않아
그러니 어찌 나아갈 바를 알고 나아가겠나
알지 못하는 길을 가고 보이지 않는 길을 걷는 것이지
등 뒤의 삶이라고 할 수 있겠지

그러니 잘 살아내기 힘든거야
갈지자로 비틀비틀거리고 우왕좌왕, 갈팡질팡하며
살 수밖에 없지
실수도 많고 실패도 겹겹한 것이 우리들의 삶이라
할 수 있지

그런데 어쩌자고 그렇게 견디고 버티며 살아왔단 말인가
넘어지고 자빠지고 코도 깨지고 피도 흘리고 그래야지
어쩌자고 자네 홀로 그리 버티고 애쓰며 살아왔단 말인가
그렇게 버티고 견뎌야 아름다운 삶인 것만은 아니니

이제 그만 그리해도 되네
힘드시지 않은가

그만 하시게

아름답지 않게 살아도 되니 말일세
그리 애쓰지 않아도 되니 말이야

등 뒤의 삶이라고 말하지 않았는가
등 뒤의 사랑이라고 말하지 않았는가

그러니 말이야
그래서 하는 말일세

61.

그게 말이야,
자네는 정원을 관리하는 것이 힘들어서 아파트에
산다고 하더구만
그런데, 그 전제부터가 틀린 것 아닌가

사람이 꽃과 나무를 돌보는 것이 아니라
꽃과 나무가 사람을 위로하고 돌봐주는 것 아닌가
그렇지 않은가

내가 밥을 주니 길냥이들을 돌보고 지켜주는 것도 물론
있겠지만
길냥이들이 나를 돌보고 지켜주는 것은 왜 생각 못하시는가
이런 도서산간벽지에 우리 집에는 뱀을 비롯해 기타 등등
이 전혀 보이지 않네
그러니 길냥이들이 나를 돌보고 지키고 있는 것 아닌가
그렇지 않은가 말일세
그런 생명들을 돌보는 일은 선물이고 은총이지

아파트에 둘러싸인 채 살아가는 삶으로는 도저히 얻을 수
없는 것들이지
그런 엄청난 축복을 굳이 거부하거나 포기할 것은 무엇인가
꼭 도시에 있어야만 하는 사정이 있는 것도 아닌데 말일세

그러니 웬만하면 마당 있는 집으로 이사하시게
정원을 애써 가꾸고 자네 말대로 힘들게 관리할
필요도 없네

그저 흙 밟으며 오고가면 되는 것이네
풀도 꽃도 절로 날아와 피고 자랄 것이니
자네가 마음 쓸 것이 무엇인가

아니 그러한가?^^

62.

지혜로운 사람은,
입만 열면 훌륭한 말을 쏟아내는 사람이라 할지라도
마음이 굳지 못하고 심지가 단단하지 못한 사람과는
큰 일이든 작은 일이든 도모하지 않네
모래 위에 집을 짓는 것과 같으니
누가 함께 하려고 하겠는가
어리석은 자라면 모를까

그러니 마음 굳고 단단해야 하네

마음을 굳게 하라는 것은
돌처럼 강철처럼 단단하고 강고하게 하라는 말이 아닐세
흔들리지 않는 마음을 지니라는 말도 아닐세

오히려 그 반대일세
부드럽고 흔들리는 마음을 지녀야 하네
풀처럼 말일세

나무처럼 말이야

바람 따라 부드럽게 흔들리나 뿌리 뽑히지 않는

마음에 너무 많은 것을 넣어 두지 마시게

얼기설기 올려놓은 제주의 돌담이

세찬 바람에도 넘어지지 않는 것을 생각해 보시게

바람 지나는 길이 있기 때문이네

바람도 살아갈 수 있는 자리를 내어준 탓이네

나무도 말이야

나뭇가지 너무 무성하여 잎이 겹치고 덮이면

적당히 나뭇가지를 잘라 주어야 하네

바람 지나고 햇살 충분히 깃들 수 있는 자리를

만들어줘야 해

그래야 나무도 건강하게 잘 자랄 수 있거든

그러니 마음에 너무 많은 생각과 지식들을 쌓아두지 마시게

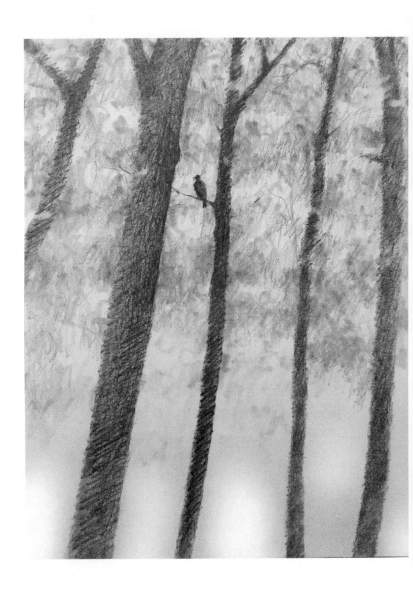

아무리 훌륭해 보이는 그럴 듯한 말이고 지식이라도 자네
의 것도 아니고
살아가는 데 별로 도움이 되는 것도 아니네
사기나 치겠다고 마음먹고 있다면 모를까

그러니 마음에 여백을 많이 두시게
누구든 그 여백에 자리할 수 있겠다는 생각이 들 수
있도록 말일세
실제로 그 여백에 좋은 사람들이 자리할 수 있게 말일세

숲의 나무들은 세찬 바람에 흔들리나
숲을 품은 산은 늘 그 자리에 있는 것처럼

그렇게
살아가시게

63.

예수를 만나면 예수가 되고, 부처를 만나면 부처가 되어야 하지 않겠는가. 부처를 만났는데도 예수로만 있기를 고집하면 어찌 되겠는가. 걸인을 만나면 걸인이 되고, 주정꾼을 만나면 주정꾼이 되어야 하지 않겠는가. 주정꾼을 만났는데도 걸인이 되기만을 고집하면 어찌 되겠는가. 선술집 지나면 술꾼이 되고, 색시집을 들리면 서방이 되어야 하지 않겠느냐, 이 말일세. 그래야 술꾼도 만나고 색시들도 만나서 무엇을 해도 할 수 있지 않겠는가 이 말이야. 술꾼을 만나서도, 색시집에 들러서도 자기만을 고집하고 있으면 어찌 자신을 벗어날 수 있겠으며, 어찌 다른 이들과 함께 무엇이라도 도모할 수 있겠는가. 때로는 엄벙덤벙 드문드문 엉망진창 갈지자로 흔들리며 한 세상을 살아가는 것이 혁명임을 어찌 모르시는가 이 말일세.

그렇지 않은가. 삶이란 게 너와 나 따로 없이, 이런저런 구분 없이, 바람처럼 유유히 살아가는 것이지, 규격이 있고, 정해진 틀이 있다던가. 그러니 때로는 엎어지고 자빠지며

170

비틀비틀 빼뚤빼뚤 가기도 하는 것이란 말이지. 얼마나 흥
겹고 좋은가 이 말일세.

64.

소망이라면
제게도 소망이 있습니다

제가 사랑하는 사람들
제가 소중히 여기는 사람들이
아프지 않았으면 하는 것입니다
상처 받지 않았으면 하는 것입니다

개인적으로 잘 아는 이들만 사랑하는 것이 아닙니다
얼굴 한 번 본 적 없고
이름 한 번 들어 본 적 없지만
살아가는 모습만으로도
전해 들은 소식만으로도
깊이 사랑하게 된 사람들이 있습니다

만나면 실망하고 상처 받을까요?
그럴 수도 있겠지요

그러나 그런 실망이나 상처가 두려워
사랑을 그만 두지는 않습니다
해야 할 사랑을 멈추지도 않습니다

제가 그들을 사랑하는 이유는 단 하나입니다

그들이 자신만을 위해 살아가지 않기 때문입니다
다른 이들과 함께 살아가고 있기 때문입니다
그렇게 살아가기 위해
때로 눈물 흘리고 때로 아파하면서도
그렇게 살아가고 있기 때문입니다

저는 바람이 있습니다

제가 사랑하는 벗들이
다른 이들을 사랑하는 일에
자신의 모든 것을 바치지 않기 바랍니다

내가 가진 모든 것을 다 주고
내가 가진 믿음의 모두를 다 전하고
내가 가진 사랑의 전부를 다 나누지
않았으면 좋겠습니다

제가 두려운 것은 단 한 가지입니다

끊임없이 주고 전하고 나눠야 하는
그들의 믿음이 소멸되어가고
사랑이 고갈되어갈까
사랑이 고갈되어갈까
두렵습니다

자신이 사랑한 사람들에게 상처 받고
자신이 사랑한 사람들에게 상처 받고 있는
자신의 모습에 더 깊은 상처를 받으며
서서히 지쳐갈까

두렵고 두렵습니다

어리석고 무지한 탓에
저는 그러했습니다
그렇게 마음의 지옥을 두 번 경험했습니다
너무나 긴 시간 동안 괴로웠고
너무나 오랫동안 아팠습니다
살며 겪었던 그 어떤 괴로움 보다
운동하면서 겪었던 그 어떤 고통 보다
깊고 깊었습니다

저의 어리석음 탓이었겠지요

저는 제가 사랑하는 사람들이
좀 더 자신을 돌보고
좀 더 자신을 위해 쓰고
좀 더 자신을 위해 살기 바라고 있습니다

왜냐하면
제게는 그들이 그 누구보다도
가장 소중한 사람들이기 때문입니다

이 공동체, 이 사회, 이 나라를 위해서도
그들이 가장 소중한 사람들이기 때문입니다
그들 보다 더 훌륭한 활동가들은 없기 때문입니다
그들 보다 더 성숙한 사람들은 없기 때문입니다

저는, 그들이,
다른 이들을 사랑하는 것 보다
더 많이 자신을 사랑하기를
온 마음 기울여
바라고 있습니다

그렇게 바라며
소망하고 있습니다

사람들은 환경도 살아온 경로도 저마다 다릅니다. 당연히 내재된 품성도 성격이나 행동 방식도 다를 수밖에 없습니다. 내 품성이나 생각, 행동양식에 맞지 않는다고 해서 틀린 것이 아닙니다. 그것은 다른 것입니다. 살아온 경로와 환경으로 인해 지금 내 모습이 형성되었듯이, 어떤 사람도 자신만의 살아온 경로와 환경을 통해 지금의 모습이 형성된 것입니다.

나는 조용하지만 어떤 사람은 다소 시끄러울 수도 있고, 나는 소리 내어 말하지 않지만 어떤 사람은 자기 주장을 적극적으로 할 수도 있고, 나는 이런 상황에서 이렇게 행동하지만 어떤 사람은 이런 상황에서 저렇게 행동할 수 있습니다. 그것은 다른 것이지 틀린 것이 아닙니다.

나와 다르다고 배척하면 안 됩니다. 겉으로 배척하지 않는다고 해서 배척하지 않는 것이 아닙니다. 마음에서 배척하면 이미 배척하는 것입니다. 나와 다른 것을 틀리다고 말하면 안 됩니다. 그것은 폭력입니다.

내 품성과 생각과 행동을 존중 받기 원한다면 다른 사람의 품성과 생각과 행동도 존중해야 합니다. 공적 영역에서 수없이 많은 사람들에게 해를 끼친 사람이 아니라면, 사적 영역에서도 의도적으로 반복해서 사람들에게 해를 끼친 사람이 아니라면, 틀린 사람은 없습니다. 나와 다른 사람이 있을 뿐입니다.

사람에 관한 한 옳고 그른 것은 없습니다.
다른 사람이 있을 뿐입니다.

66.

사람이 자기 자신을 돌아보고 지키는 일이 쉬운 일이 아니다. '자기 분수를 알라'는 말이야 누구나 오래 전부터 알고 있지만, 그렇게 하는 일이 말처럼 쉽지 않다. 욕망 때문이다. 무엇인가 되고 싶고, 주목 받고 싶고, 인정 받고 싶은 욕망 때문이다. 그런 마음까지 탓하고 싶은 생각은 없다. 수행을 하는 사람도 아니니 말이다. 하지만, 그런 마음에 쫓겨서 마음 밖으로 말하고 행동하는 것은 조금 다른 문제다. 그런 언행은 대부분 스스로를 망치기 때문이다.

젊은 날 나름 열심히 살아서 우리 사회가 좋아지는 데 마중물 역할을 조금이라도, 쪽박 한 바가지만큼이라도 했다면 그것만으로도 감사하고 고마운 일이다. 고생은 내가 뭐 빠지게 했는데, 눈치만 보며 별로 한 것도 없는 놈이 한 자리 차지하고 으스대며 으르렁대는 꼴이 보기 사납기는 하겠지만, 그렇다고 알아달라고 아우성치는 것은, 말했듯이 스스로를 망치는 일일 뿐이다.

사람마다 역할이 다르다. 엄혹한 시절에 모든 기득권을 다 내어 던지고 생명을 걸고 뛰어들 수 있는 사람도 있고, 그렇게는 못하지만 평화로운 시절이 되면 재능을 발휘할 수 있는 사람도 있는 것이다. 그런 것을 억울해 하는 것 자체가 어리석은 일이다.

가끔 정말 억울하고 아쉬워 보이는 경우가 아주 없는 것은 아니지만, 그렇다고 하더라도 자중하고 조용히 물러나 삶을 충실히 살아가는 것이 옳다.

이런 말 하는 것이 우습지만, 아주 오래 전에, 나도 제안을 받았던 적이 있다. 당연히 거절했다. 나는 그 분야 박사도 아니고, 우리 사회가 객관적으로 인정할만한 조건을 갖추고 있는 그 분야의 전문가도 아니었다. 그런데 그 분야에 대한 현장 경험이 많다고, 이런 저런 사회 현장에서의 경험과 연륜으로 객관적 기준을 대신하여 한 자리를 차지한다는 것은 옳지 못한 일이었다. 고맙고 감사하지만 거절했다.

무엇인가 되고자 하고, 인정 받고 싶은데, 그렇게 되지 않으면, 사람들은 소리를 지른다. 알아 달라고 아우성친다. '나도 여기 있다'고 소리 지른다. 미운 놈 떡 하나 더 준다는 말이 현실적으로 아주 틀린 말은 아니지만, 이 경우에는 맞지 않는 말이다.

한 걸음 물러나 조용히 살아가기 바란다.

정말 무엇이 되고 싶고, 인정 받고 싶은 마음이 있다면, 더욱 더 그렇게 해야 하는 것이다. 그렇게 하기를 부탁하고, 또 그렇게 하리라 믿는다.

67.

몸을 소홀히 여기는 사람들을 자주 본다. 건강의 중요성은
아는데 바빠서 몸 건강을 돌 볼 시간이 없다고 말한다.

마음공부를 한다는 사람들 중에 이런 이들이 많다. 매우 잘
못된 일이다. 마음은 몸에 접붙여진 것이다. 몸은 마음이 거
하는 곳이다. 집이다. 몸이 아프면 마음도 건강할 수 없다.
영도 건강할 수 없다. 마음과 영과 몸, 이 셋은 하나이다.

사회운동을 한다는 분들 중에서도 몸 건강을 소홀이 여기
는 분들이 많다. 지극히 개인적인 견해인데, 나는 성품 훌
륭하고 좋은 생각을 지니신 분들이 건강하게 오래 사시는
것이 우리 사회를 변화시키는 가장 효과적인 방법이라고
생각한다.

그러니 젊어서 이리저리 뛰어 다니느라 건강을 잃지 말기
바란다. 혁명 전야라면 모를까. 그런 것도 아니지 않은가.
일을 해도 건강을 지키며 하기 바란다. 걷기나 근력 운동

도 열심히 하고.

좋은 분들이 몸이 아파 활동을 일찍 접거나 세상을 일찍 떠나시는 것은 운동적으로는 말할 것도 없고 우리 사회 전체로 봐서도 엄청난 손실이라고 생각한다.

몸을 잘 지키기 바란다. 자신을 소중히 여기고 챙길 줄 모르는 사람이 어찌 이웃을 지키고 챙길 수 있겠는가. 마음만 그런 것뿐이다. 말로만 할 수 있을 뿐이다.

•

나뭇잎 한 장에도 몸과 마음과 영이 있다.

68.

생각이나 의지대로 살던 때가 있었다

무엇인가 이루고 무엇인가 행하기 위해 온몸을 던지거나
신 앞에 죄를 고백하며 온 마음을 내려놓던 날들이 있었다

지금이야
삶인 듯 아닌 듯

그저 살아갈 뿐
그저 존재할 뿐

그런 신념이나 고백, 다짐의 순간들은
흔적도 없고 어디에도 없다

꽃 지면 함께 지고
새싹 움트면 함께 움트고
바람 불면 함께 흐를 뿐

지고 피고 흐르고

●

중세 유럽에 '바보의 길'이라는 신비주의 수도회가 있었다. 입문하기 위해서는 한 가지 서약을 했다. 수행의 과정에서 얻은 지혜에 대한 비밀을 지키는 것이었다. 수도회 밖 그 누구에게도 전하면 안 된다는 것이다.

하지만 그런 서약 또한 무슨 의미가 있을까.
어차피 전하든 전하지 않든 알지 못하는 것을….

69.

생각이 많은 사람은 생각에 갇히고
일 욕심이 많은 사람은 일에 넘어진다
그러니 생각도 많고 일 욕심도 많은 사람은 어찌 될까
생각만해도 어질어질하고 고단하다

나는 그리 살지 말아야지
요즘 시국도 어수선하고 어쩌고저쩌고 해서
하마터면 다시 열심히 살 뻔했다

열심히 살지말자
단순하고, 빈자리 많게
얼기설기 설렁설렁 드문드문 지내자

부족한 채로 완전한

70.

삶은 그 자체로 완전하지 않습니다
완전하다면 굳이 이 땅에 와서 살아갈 이유가 없습니다

삶은 그 자체로 부족하기 때문에
생을 받아 삶을 살아가는 과정을 통해
조금씩 완전을 향해 나아가는 것입니다

그러니 부족함과 잘못 등에 대해
반성과 성찰은 필요하지만
과하게 자책함으로 자신을 괴롭히는 것은 옳지 않습니다

실패도 성공의 일부이며
좌절도 희망의 한 부분입니다

스스로의 잘못에 대해
좀 더 너그러워지시기 바랍니다
실수할 수도 있고

잘못할 수도 있고
실패할 수도 있고
좌절하고 절망할 수도 있습니다

그 모든 것이
삶의 한 과정이며
완성을 향한 길입니다

중도에서 포기하지 말고
그 길을 잘 걸어가시기 바랍니다

삶이란
부족한 채로
완전한 것이니 말입니다

71.

완전한 사람은 없습니다
대부분의 사람들은 서툴고 부족합니다
더구나 먹고 사느라 무리하다 보면 잘못이나 실수 할 때도
많습니다

좀 서툴고 모자란 것이 자랑은 아니지만
그렇다고 잘못도 아닙니다

백 번 양보하여 잘못이라 하더라도
무시를 당하거나 욕을 먹을 정도로 큰 잘못은 아닙니다

그러니 다른 사람의 부족함이나 서투름에 대해
좀 너그러웠으면 좋겠습니다

내 기준으로 볼 때 그 사람은 부족한 사람이지만
다른 어떤 사람의 기준으로 볼 때는 내가 부족한 사람이기
도 하기 때문입니다

늘 옳은 사람은 없습니다
그럴 수도 없습니다

공적인 영역에서 수많은 사람들에게 큰 해악을 끼친
사람이 아니라면
개인적인 영역에서라도 의도적으로 반복해서 다른
이들에게 크고 작은 해악을 끼친 사람이 아니라면

개인적인 삶의 영역에서
서투름과 부족함과 모자람으로 인해 일어나는 사소한
잘못들에 대해
좀 더 너그러웠으면 좋겠습니다

그래야 사람 사는 세상이 좀 따뜻하고 아름다워질 듯합니다

그래야 저같이 서툴고 부족하고 모자란 사람도
그럭저럭 살아갈 수 있을 것 같으니 말입니다

72

믿음이나 신념, 자신의 생각은 자신을 향해 있어야 합니다.
자신을 벼리는 데 사용해야 합니다. 다른 사람을 향하면
안됩니다. 다른 사람들을 향해 있어야 할 것은 자신의 믿
음과 신념, 생각이 아니라 공감이며 이해입니다. 마음을 나
누는 따뜻한 위로입니다.

그런데 이것을 반대로 하는 이들이 많습니다. 그들 중에는
스스로를 소위 진보적이라고 생각하는 이들도 적지 않습니
다. 책으로만 진보를 읽고 배웠기 때문입니다. 사람에 대한
이해가 부족하기 때문입니다. 사람에 대해서는 잘 알지 못
하기 때문입니다. 책에서 배운 그런 사회공동체를 사람이
만들어가는 것이라는 사실을 깨닫지 못하기 때문입니다.

그래서 책 몇 권 읽은 얄팍하고 섣부른 지식으로 비판하고
비난하는 데 열을 올립니다. 자신이 주장하는 아젠다가 선
택받지 못하면 그저 비아냥거리고 조롱합니다. 그렇게 삶
을 허비합니다. 비난하고 조롱이나 하는 삶이 건강할 수

없습니다. 먼저 격려하고 이해하는 마음을 지닌 이들을 따라갈 수 없습니다. 그러니 더욱 비난하고 비아냥거리고 시비 거는 일에 몰두합니다. 삶은 점점 비틀리고 영혼은 무너집니다. 더 이상 돌이킬 수 없이 스스로를 망가뜨립니다. 안타깝지만 어쩔 수 없는 일입니다.

•

저는 부드러운 사람이 좋습니다. 바람에 흔들리는 풀처럼, 그렇게 흔들리며 이 땅과 삶을 지켜온 그런 풀과 같은 사람이 좋습니다. 그림자와 같은 사람이 좋습니다. 있는 듯 없는 듯하지만 늘 누군가의 곁을 떠나지 않고 지켜주는 그런 사람 말입니다. 그렇게 서로의 삶에 스며들어 서로를 지키는 삶을 살아가는 그런 이들이 참 좋습니다.

73

젊은 날에는
늘 다른 이들을 용서하느라 힘들었는데

나이 좀 들어 중년 정도에는
늘 나 자신을 용서하느라 애써야 했습니다

노년의 초입에 들어선 지금은
자신이든 어느 누구이든 용서하려고 애쓰지 않습니다

그저
모습 그대로 바라보고
받아들이며 어우러져
더불어 살아가고 있습니다

평생 자신을
흔들다 머물고
훌쩍 떠나는 바람을

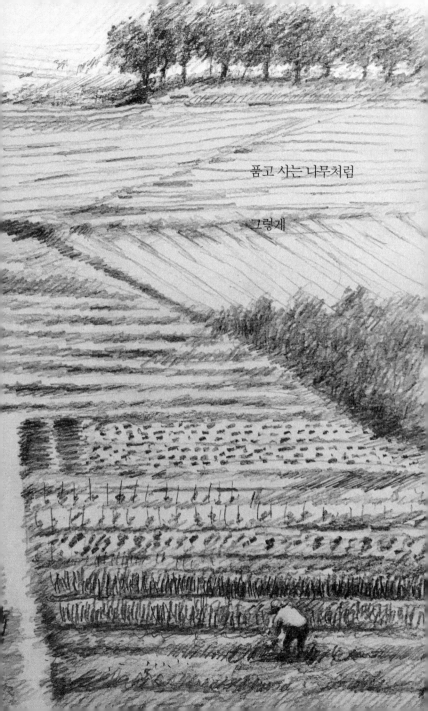

품고 사는 나무처럼

그렇게

74.

삶 그 자체로
매 순간 살아갈 수 있어 좋다

잊을 수 없는 사랑의 기억도 좋지만
놓을 수 없는 이별의 추억도 참 좋다

무엇인가 성취하였을 때도 좋지만
무엇인가 성취하려고 더 이상
애닳아 하지 않을 수 있어 참 좋다
실패조차도 그대로 바라보고 즐길 수 있어
말할 수 없이 좋다

그대 다가설 때의 그 환한 미소도 좋지만
그대 떠날 때 들썩이던 뒷모습도 가슴 저미도록 아름다웠다

기뻐 날뛰던 날들도 좋지만
슬픔으로 눈물 뚝뚝 흘리던 밤들도

어찌 그리 아름다웠단 말인가

한 번 뿐인 삶

때로 실패하고

때로 눈물 흘릴 수 있어 좋다

서툴게 살 수 있어 참 좋다

너를 변화시키려고 애쓰지 않고

넘치면 넘치는대로

부족하면 부족한대로

모습 그대로 아끼고 사랑하며

어우러져 살아갈 수 있어

참 좋다

•

아침 노을이 붉다. 다시 저녁이 오고 밤이 오려는 듯. 다시 저녁을 준비하고 잠자리에 들어야 할 것 같은, 다시 꿈을 꿔야 할 것 같은, 그런 아침이다. 마치 지나온 삶의 아침과는 사뭇 다른 아침인 듯, 다른 생의 어느 아침인 듯한, 그런.

75.

살아 있어, 살아갈 수 있어 좋다
누군가를 기다릴 수도 있고, 맛난 것을 먹을 수도 있어 좋다
검질 맬 수도 있고, 꽃 피고 지는 것을 바라보며,
계절이 지나는 것을 느낄 수 있어 좋다
낮과 밤을 알 수 있고, 세월 흐르고, 나이 들고,
늙어가는 것을 바라볼 수 있어 좋다
그렇게 늙어가다 죽음에 이를 수 있어 좋다

죽을 수 있고, 죽어갈 수 있어 좋다
죽음이라는 다른 세계를 바라볼 수 있고, 그 세계를
느낄 수 있어 좋다
지나온 삶들을 미루어 짐작해 볼 수 있고, 머물고 가는
것의 의미를 알 수 있어 좋다
이 삶과 저 삶의 의미, 삶과 생이 어찌 다른 것인지 알고
흙 한 알갱이, 꽃 한 송이와 사람의 생이 다를 게 없다는
것을 알게 되어 좋다
생의 무게는 모두 같다는 것을 알 수 있어 좋다

세월이 바람처럼 흐르듯 모든 것이 흐른다는 것을
알 수 있어 좋다
외롭고 쓸쓸한 것도, 병들고 아픈 것도 저마다 이유가
있어 오고 가는 것이니
외롭고 쓸쓸할 수 있어, 병들고 아플 수 있어 그것도 좋다

힘들고 고통스럽다고 다 나쁜 것은 아니다
그들도 오고가는 이유가 있고 그들만의 생이 있으니
그것은 그것대로 받아들이고 흘려보내는 것이 좋다

생이란 그렇게 흘러가는 것이다
길이 수많은 걸음을 통해 이뤄지듯이
생은 수많은 삶을 통해 이뤄지고
삶은 오고가는 수많은 다른 삶들을 통해 이뤄진다

그 즈음 어딘가에 잠시 머물러
오고감을 바라보고 있다

•

수많은 이야기가 담겨 있을 것 같고, 적지 않은 이야기들을 해야 할 것 같은 곳에서 유숙했다. 촛불 하나 켜놓고 잠들었다. 그런 탓인지 주고 받았던 이런저런 이야기들이 밤내내 일렁였다. 섬의 집은 모두 섬이다. 삶을 닮았다.

76.

많은 사람들이 훌륭한 스승을 만나기를 원한다
하지만 훌륭한 스승을 만났다고 다 좋은 것은 아니다

스승의 가르침을 온전히 받아 제 품에 들여서
마음에 길을 내고 몸에 체화시킬 수 있어야 한다

그렇게 하지 못하면, 힘들어지기도 하고 심지어는
불행해지기도 한다
스승의 훌륭한 가르침을 몸에 익히지 못하면서 스승을
따르려고 애만 쓰는 격이다
공부가 얕고 깊이가 부족하고 수양 또한 덜 되었으니
아무리 노력해도 스승처럼 되지 않는다

그럼에도 불구하고 스승처럼 훌륭한 말을 하고 멋지게
행동하고 싶으니
어쩔 수 없이 자기도 의식하지 못하는 사이에, 겉모습과
말투만 스승을 닮아간다

말만 그럴 듯하게 떠들며 다닌다
스승이나 도중에서 만난 도반들에게서 주워들은 몇 마디
말을 떠벌이며 으스댄다
자신의 말이 아닌데 자신의 말이라고 착각하고
그렇게 믿는다
마치 스승이라도 된 듯이 가르치려고 한다

어디 그뿐인가
때로는 자신의 성취가 대단한 것으로 착각하고
믿어 의심치 않아 내보이며 자랑한다
물론 듣고 본 것은 있어 겸손한 모양새를 취하며
내보이는 것이지만
겸손한 모양새를 취하는 것까지 다 보인다
그 모양새만 보이는 것이 아니라 바닥까지 훤히 보인다
스승이나 선배가 아니더라도 조금이라도 더 공부를 한
사람의 눈에는 내면까지 보인다
오직 자기 자신만 모를 뿐이다

얼마나 얼치기 짓을 하고 다니고 있는지 말이다
이런 분들에게 한 마디 해주고 싶은 말이 있다
"그냥 가만 계시라"

그냥 가만히 있는 것이 좋다
물러나, 드러내지 말고, 흔적 없이, 조용히 살아가는
것이 좋다

이렇게라도 할 수 있다면
스승처럼 될 수는 없다고 하더라도
최소한 스승을 욕되게 하는 일은 없을 것이다

성의를 다해 삶을 살아가는 것만으로도
세상에서 할 수 있는 공부는 다 할 수 있으니
어쩌면 스승의 그림자라도 잡을 수 있을지 모른다

•

숲을 무성하게 덮고 있던 나뭇잎들은 가을이 되면 모두 스스로 나무에서 떨어져 나온다. 살 에는 모진 바람 부는 겨울을 나무가 견디고 견뎌내게 하기 위함이다. 나뭇잎들도 나무들도 모두 자신을 비웠다. 집 뒤켠 계곡 웅덩이에 떨어진 나뭇잎들이 가득하다. 거기에 또 한 세상이 있다. 나무도, 나뭇잎도, 바위도, 삶과 죽음도, 생도 있다. 스스로 그러한, 자연도 있다.

77.

나를 이 섬에 붙들어 둔 것은 이 섬의 깊고 깊은 짙푸른 밤
이었고, 살아가는 내내 설레게 했던 것은 이 땅의 사람들
이 흘려온 붉은 눈물을 닮은 붉은 노을이었다. 온 하늘을
물들이며 흘러 내려와 내 마음까지 흘러들곤 했던 그 붉은
노을에 젖어들 때마다 살아있음을 느끼곤 했다. 하지만, 나
를 이 섬에서 떠나지 못하게 하고 있는 것은 깊고 푸른 밤
이나, 붉은 노을이 아니다. 중산간 어딘가에 달빛처럼 홀로
드리워 있는 길들이었다. 있는 듯 없는 듯 늘 그 자리를 지
키고 있는 여러 갈래의 길들이었다.

길이라지만 길이 아니다. 사람 지나면 길이지만, 사람 지나
지 않으면 길이 아니다. 없던 길도 사람 지나면 길이 되지
만, 있던 길도 사람 지나지 않으면 이내 수풀 우거지고 무
너져 길이 아니게 된다. 그것이 길의 숙명이다. 지나온 삶
과 다가올 삶을 잇고, 사람과 사람을 잇고, 사람과 자연을
잇고, 생명과 생명을 잇는 길이다. 그 길을 걷고 있을 때에
만 그렇게 열리고 이어지는 길이다. 섬의 길들은 내게 평

화를 준다.

나는 이 길들을 걷거나 달리며 살아오는 동안 마음 한켠에
쌓여있던 먼지들과 묵은 때들, 그리고 마음 뒤켠 마당 깊
이 묻어 두었던 상처들까지 모두 털어내고 씻어낼 수 있었
다. 이 길들은 내겐 구원이었다.

78.

여백도 그림입니다. 여백은 그냥 빈칸이 아닙니다. 여백이 있으므로 해서 그림이 완성됩니다. 행간도 문장입니다. 그저 읽기 편하라고 떼어 놓은 것이 아닙니다. 행간에도 문장으로 하지 못한 많은 이야기가 들어 있습니다. 글을 읽어도 보이는 글자만 읽는 이들도 있지만, 보이지 않는 행간의 문장까지 읽는 이들도 있습니다.

삶도 마찬가지입니다. 삶에는 여백도, 행간도 필요합니다. 행간 없이 빼곡하게 글자가 들어차 있는 글은 읽기 힘들듯이, 행간이 없는 삶도 읽기 어렵습니다. 정리도 안되고 소통도 어려울 수밖에 없습니다. 미친듯이 열심히 살아가는 삶만 훌륭한 삶이 아닙니다.

저도 여백이나 행간 없이 살아왔던 날들이 있었습니다. 20세 정도에서 50대 초반까지 그렇게 살아온 듯합니다. 그 시절의 제 삶에도 행간이나 여백이 있었다면 제 삶은 아마 많이 달라졌을 것입니다.

79.

옳은 선택이란 없습니다
아무리 옳은 것으로 보이는 선택이라 하더라도
그 선택은 실패를 내포하고 있습니다

선택이 삶을 아름답고 의미 있게 이끄는 것이 아닙니다
온전한 삶이 그 선택을 아름답고 의미있게 만듭니다
사람들이 말하는 성공적인 삶으로 인도합니다
그 선택이 어떠한 것이었을지라도 말입니다

마찬가지로 실패도 없습니다
완전한 실패란 더욱 없습니다
실패한 사람만이 있을 뿐입니다

실패한 사람들은
실패 그 자체 때문에 실패하는 것이 아닙니다
그들 스스로 실패한 사람들의 길로 들어가기 때문입니다
그 사람을 실패한 사람으로 만드는 것은

실패 그 자체가 아니라 실패 이후 그들의 행동입니다

대체로 그들은 남을 탓하고 원망합니다
자신에게서 원인을 찾으려 하지 않습니다
자신의 상황을 직시하고 받아들이려 하지 않고 도피합니다
힘들다는 이유로 자신의 삶의 자리를 떠납니다
그를 사랑하고 신뢰함으로 지켜주던 이들에게서 떠납니다
자신을 지켜주던 사람들에게 실망과 상처를 남깁니다
자신이 힘들고 아프다는 이유로 말입니다
어리광을 부리고 있는 것입니다
어리석은 짓입니다

이런 것들이
그들이 잘 인식하지 못하는
그들의 실패 이유입니다

다시 말하지만, 실패란 없습니다

스스로 실패한 사람들만 있을 뿐입니다

오늘, 지금 내 모습이 중요합니다
오늘을 온전히 살아가고 있다면 실패하지 않을 것이기
때문입니다

80.

쓰러지면 쓰러진대로
가까이 있는 것들을 볼 수 있어 좋고

일어서면 일어선대로
멀리 있는 것들을 바라 볼 수 있어 좋다

가난하면 가난한대로
청빈할 수 있어 좋고

부자면 부자인대로
나눌 수 있는 것이 많아서 좋다

먹을 것이 없으면 없는대로
몸을 가벼이 할 수 있어 좋고

맛난 것을 먹으면 먹는대로
마음 즐겁고 몸 신나서 좋다

아프면 아픈대로
영혼의 구원이 될 수 있어 좋고
건강하면 건강한대로
걷고 달리고 함께 할 수 있어 좋다

무명하면 무명한대로
흔적 없이 사람들 속에서 고요히 머물러 있을 수 있어 좋고
유명하면 유명한대로
많은 사람들을 위해 쓰일 수 있어 좋다

나는 이래도 좋고 저래도 좋다
그저 내게 주어진 삶을 살아갈 뿐이다

사랑하고 떠나보내며
지키고 흘려보내며
내 삶이자 모든 것들의 삶인
이 삶과 더불어 살아갈 뿐이다

81.

당신이 먼저입니다

당신이 행복해야
모두가 행복할 수 있습니다

당신이 구원 받아야
모두가 구원 받을 수 있습니다

당신의 삶이 우선 대접 받고 정의로워야
모든 이들의 삶이 대접 받을 수 있고 정의로울 수 있습니다

당신이 시작이며 끝입니다
당신이 모든 일의 전부이며 중심입니다

그러니 무엇보다 먼저
당신 마음의 소리를 듣고
그 소리에 충실할 수 있기 바랍니다

당신이 먼저입니다

.

산 중의 하늘은 구름을 낮게 드리우고 사방은 흐립니다.
숲을 지나는 바람 소리가 매의 날갯짓처럼 들리는 아침입
니다. 눈이나 비를 품고 있는 날씨입니다. 얼마 전에 내린
눈이 아직 마당과 계곡에 남아 있습니다. 오늘 하루 뿐인
오늘을 지나고 있습니다.

82.

본래
나로부터 나온 것이라고는
하나도 없이 내가 된
나는,

어디서 온 것인지
어디를 지나온 것인지 모르는
나는,

어디로 가야하는지
어디로 가고 있는지 모르는
나는,

도처를 향하고
도처에 머물다가

에라 모르겠다

이 자리에 눌러 앉아
머물고 지나는 바람만 본다

거기서 와서
거기로 가는 것이니

여기에 머문다고
안될 것도 없다

83

사상 때문에 죽고 사는 역사를 배웠고, 사상 때문에 죽고
사는 것이 당연한 시대를 살아왔다고 믿었는데, 나이가 좀
들고 보니, 사상이 아니라, 꽃 때문에 죽고 꽃 때문에 사는
것이었다. 정말 그러했고 그러하다. 하지만, 때로 사람들은
모르거나 잊고 사는 듯하니, 그저 이렇게 말한다. 최소한
내 삶은 그러했고, 그러하다고 말이다. 그것이면 충분하지
않은가. 꽃 때문에 죽고 꽃 때문에 사는 삶이 얼마나 멋진가
말이다. 까짓, 사상 따위로 죽고 살고, 죽이고 살리는 삶을
어디 사람 사는 세상이라고 할 수 있겠는가. 오는 겨울에는
눈꽃이라도 눈길 닿는 곳마다 활짝 피어났으면 좋겠다.

•

추백 하얀 꽃잎 떨어진 자리에 앞서 피었던 붉은 동백 꽃
잎이 떨어졌다. 흰 모시 적삼에 물든 핏빛 같았다. 아름다
웠다.

84.

잘못된 말이나 틀린 말만 사람들에게 상처를 주는 것이 아닙니다. 때로는 옳은 말도 상처를 줍니다. 아니, 옳은 말이기에 더 큰 상처를 줍니다. 그러니 옳은 말이라고 다 좋은 것이 아닙니다. 옳은 말이라도 조심스럽게 해야 할 때가 많습니다. 하지 않아야 할 때도 적지 않습니다.

옳은 말을 하는 것이 중요한 것이 아닙니다. 그 사람에게 필요한 말을 하는 것이 중요합니다. 또 어떤 사람에게는 옳은 말이지만, 다른 사람에게는 옳지 않은 말일 수 있습니다. 그러니 그 사람에게 적절한 말을 하는 것이 중요합니다. 옳은 말이라고 옳은 말인 것이 아니라, 그 사람에게 맞는 말이 옳은 말입니다.

아는 것이라고 다 말하지 않는 마음
할 수 있는 것이라고 다 하지 않는 마음

이런 마음가짐 등이 나 아닌 다른 사람들과 함께 살아갈 수 있도록 우리 사이에 온기를 만들어 주는 것입니다.

85.

겨울 다가오니 가을 서둘러 떠나고 있다. 지난 여름 크고
세찬 바람들이 연이어 불어왔던 때도 떨어지지 않던 잎들
이, 가을 떠나는 아쉬움에 서둘러 떨어지고 있다.

이제 잔바람에도 우수수 떨어지겠지
바람 없는 날에도 허공을 지나는 꽃잎처럼 그렇게
떨어지겠지
잎들 떨어지면 곧 눈 내리겠지
겨우내 뿌리를 덮어주며 나무를 지키겠지

창밖은 떠나는 가을의 뒷모습으로 사뭇 쓸쓸하다. 하릴 없
이 어수선해진 마음을 뒤적인다. 전화기에 저장된 이름들
을 살핀다. 여러 해 전 떠나신 강준일 선생님의 이름이 보
인다. 늘 살아계신 듯하여 차마 지울 수 없었다. 발신 버튼
을 누르면 부드럽던 중저음의 목소리가 들려올 듯하다.

생애 처음으로 만난 스승이셨다. 여주 집에 계실 때면 작

은 몸집에 털신과 털모자를 쓰시고 아궁이에 불을 지피시던 모습이 선하다. 내게 하고 싶은 말씀이 있으실 때마다 막걸리 한 잔 따라 주시며 자신의 이야기를 의논하시듯 꺼내시던 모습이 어제 같다.

강준혁 선생님의 이름도 보인다. 지금은 곁에 없는 이런 저런 이름들이 보인다. 먼저 떠난 이들이 남겨진 이들 사이로 보인다. 남겨진 이들 중에서도 한 시절 삶을 함께 했으니 마주한 지 오래된 이들도 많다. 다들 잘 살고 있겠지.

모두 한 세월 함께 생애를 나누며 살아왔던 이들이. 그들로 인해 고단하기만 했던 내 생도 즐겁고 기쁠 수 있었다. 그분들로 인해 좀 성숙해졌고, 좀 더 깊어질 수 있었다. 그 인연들에 대한 고마움과 감사함은 이루 말할 수 없다.

생각에 갇히지 않을 수 있었고, 마음에만 머물지 않을 수 있었다. 희망에 집착하지 않을 수 있었고, 길에만 머물지 않고 자유로울 수 있었다.

고맙고 감사한 인연들에 마음 기울여 두 손 모으는 아침
이다.

나뭇잎들 햇살에 부서져 내리고 있는, 그런 가을 아침이다.
창밖은.

그대를 잊은 것은 아닙니다

228

86.

하루하루 매 순간 살아가며 하는 모든 일들이 소중합니다. 밥 하고, 먹고 치우고, 청소하고 쓰레기 버리고, 빨래하고 널고 개어 넣고, 꽃과 나무 심고, 시든 꽃들 따주고, 길고양이들 밥 주고, 마당 수반에 물 채워 놓고, 비질하고, 사람 다니는 길에 걸린 거미줄을 걷어내는 일들까지 어느 것 하나 소중하지 않은 것이 없습니다. 사회적 이슈에 관심을 기울이고 싸우는 것만이 중요한 것이 아닙니다. 우리가 행하는 행위 하나하나가 모두 소중합니다. 생명을 살리고 지키는 것이기 때문입니다.

어느 것 하나 구원이 아닌 것이 없습니다
빨래도, 청소도 모두 구원입니다

살아가는 일에 성의를 다하는 것만으로도 구원을
얻을 수 있습니다
모두를 살리고 지킬 수 있습니다

87.

변하지 않는 진보란 없다. 진보는 태생적으로 변화를 추구
하는 것이다. 그런데 진보를 말하면서도 자신의 생각에 갇
혀 변화할 줄 모르는 이들이 적지 않다. 관념 뿐인 진보이
다. 생명을 잃어버린 진보이다. 아무 것도, 어느 누구도 살
리지 못하는 진보이다. 변화를 거부하는 진보가 어찌 존재
할 수 있는가. 그것은 이미 진보가 아니다. 아집일 뿐이다.
내재된 폐허이다. 생명이 살아갈 수 없는 황량한 세계일
뿐이다.

이 시대의 진보란 무엇일까, 생각해 보다가, 그저 달빛에
흘려보내는 밤이다. 진보란 것이 도대체 무슨 소용이 있단
말인가. 사람 하나 살리지 못하는 진보, 사람 하나 살리는
노력조차 하지 못하는, 그저 제 주장만 하는 진보가 무슨
의미가 있단 말인가. 시대가 바뀌고 상황이 바뀌고 있는데
도 책에서 외워두었던 말들만 되뇌는 진보가 무슨 진보란
말인가.

나는 소위 진보를 말하는 사람들보다 가족을 위해 몸을 상해가며 택배 상자를 나르고, 운전을 하고, 기계와 씨름을 하고, 종이박스를 주워 하루하루 살아가는 이들이 훨씬 우리 사회를 변화시키고 있다고 생각한다. 우리 사회의 변화를 위해 기여하고 있다고 믿는다. 그들이 오히려 진보적이라고 판단한다.

진보 운운하며 누군가를 비판하고 비난하기에 앞서 자신의 할 일들을 할 수 있다면 좋겠다. 우리가 원하는 사회를 구현하기 위해 무엇인가 실천적인 어떤 것들을 하나씩 할 수 있다면 좋겠다. 말만 앞서 진보 운운하는 이들, 나는 정말 재미없다.

88

가을 떠나간다고
그대를 잊은 것은 아닙니다

바람 세차게 불어온다고
그대를 잊은 것도 아닙니다

꽃 지고 잎 떨어졌다고
그대를 잊은 것은 더욱 아닙니다

잎 떨어지고 겨울 오고 있으니
그대를 더욱 그리워합니다

그리움만으로
따뜻해집니다

늦은 오후 노을진 얼굴에
부드러운 햇살 드리우고

산 중 지나는
이 바람 지나면

삶에도 겨울 들어
그리움 깊어지고

살아가는 일은
더 따뜻해질 것입니다

89.

태어나는 것을 축복이라 하는 이유는 나 아닌 다른 생명,
다른 사람들을 만날 수 있기 때문입니다. 영적 상태에서는
성숙이나 진보는 이뤄지지 않습니다. 오직 우리의 삶을 통
해서만 이뤄집니다. 그렇기 때문에 태어남을 은총이라고
하는 것입니다. 나 보다 훨씬 성숙하고 진보된 영적 스승
들을 만날 수 있는 기회를 얻는 것이기 때문입니다. 그런
분들을 만나면 단번에, 짧은 시간 내에 혹은 전 생을 통해
서 놀라운 영적 성숙, 영적 진보를 이룰 수 있습니다. 그래
서 은총이고 축복인 것입니다.

주위를 둘러보세요. 곁을 살펴보세요. 분명히 영적 스승이
있을 것입니다. 우리가 할 일은 주변을 찬찬히 살펴 그분
을 찾는 것입니다. 그것이 시작입니다. 그 후로는 함께 하
는 것입니다. 홀로 살아가는 것이 아닙니다. 홀로 있음으로
늘 함께 하는 것입니다. 그러니 만남을 소중히 여기고 감
사히 여기기 바랍니다.
상처 주지 마십시오. 상처 받은 영혼은 영적 성숙을 이루

기 어렵습니다. 그러니 상처를 주는 것은 단지 마음에 일시적인 고통을 주는 것으로 끝나는 것이 아닙니다. 그 영혼을 죽이는 영원한 고통을 주는 것입니다. 만일 부지중에 누군가에게 상처를 주었다는 것을 알게 되었다면, 마음을 다하고 정성을 기울여 서로를 어루만져야 합니다. 반드시 그래야 합니다. 오해가 있다면 오해를 풀고, 미안한 일이 있다면 진심으로 미안하다고 말해야 합니다.

사랑하는 벗들, 좋은 사람들을 생각해 보세요. 절로 미소가 피어 오릅니다. 늘 그분들과 함께 하시기 바랍니다.

90.

사랑이란 사랑하는 사람에게 투항하는 것이며
삶이란 사랑에 투항하는 것입니다

들어가는 길은 늘 하나뿐이지만, 돌아서면 여러 길을 품고 있는 것이 산입니다. 걸어온 길은 한 길이기 때문에 길이 하나뿐이라고 생각하기 쉽지만 사실은 여러 갈래 길입니다. 그 중 한 길을 택해 산에 들었을 뿐입니다. 앞만 바라보며 걷다가 돌아서면 길이 여러 갈래라는 것을 알게 되면 당황하게 됩니다. 어느 길로 들어 온 것인지 헷갈립니다. 알 수 없습니다. 그래서 길을 잃습니다. 높지 않은 산, 깊지 않은 숲에서도 길을 잃는 것은 바로 이러한 이유 때문입니다.

산에 들 때는 수시로 뒤를 돌아보아야 합니다. 어느 길로 들어왔는지, 다른 길은 없는지 살펴봐야 합니다. 지형지물도 눈에 담아 두어야 합니다. 그래야 길을 잃지 않을 수 있습니다. 그럼에도 불구하고 길을 잃게 되면, 갈 길을 알 수 없게 되면, 아는 길까지 돌아가야 합니다. 분명히 알고 있는 길까지 돌아가는 것이 길을 찾는 가장 빠르고 안전한 길입니다. 그러니 산에서는 수시로 지나온 길을 돌아봐야 합니다. 그래야 들어온 길로 돌아 나갈 수도 있고, 가고자 하는 곳까지 나아갈 수도 있습니다.

산에서만 그런 것이 아닙니다. 삶에서도 마찬가지입니다. 어느 순간부터 나아갈 바를 잃어버렸다면, 아는 길까지, 그 순간 그 자리까지 돌아가야 합니다. 마음을 잃어버리지 않았던, 그 마음의 흔적이 남아 있는 곳까지 돌아가야 합니다. 그것이 애초에 가고자 했던 곳까지 가장 안전하고 정확하게 다다를 수 있는 길입니다. 가장 빠른 길입니다. 그것이 사람다움을 잃지 않는 길이기도 합니다.

92.

나는 살아오는 날들 동안 소위 운동이라는 것을 했다. 저마다 이데올로기를 말하던 시기도 있었으니, 나라고 이념적 성향이 없었을 리가 없었다. 하지만 내 이념의 본질은 어떤 특정한 사상이나 진보니 보수니 하는 성향보다는 '사람을 살리는 것'이었다. 내게 운동이란 사람을 살리는 것이었고, 그것이 내 삶의 기반이고 본질이었다.

그런 탓에 어떤 일이든 거절하지 않았고, 어떤 사람이든 가능하면 외면하지 않았다. 수많은 일을 겪어 보았고 상상하기도 어려운 별의별 사람도 다 만나 보았다. 그러다 보니 너무나 당연히 사람들 때문에 마음 상하고 힘들었던 적이 헤아릴 수 없이 많았다.

고통의 깊이는 끝이 없다는 것을 알게 되었던 시절이었다. 끝날 것 같지 않은 마음의 지옥을 두 번이나 다녀오고 나서야 조금씩 사람으로 인한 고통에서 벗어날 수 있게 되었다. 고통스러웠던 그 시간들은 나를 성숙시키기도 했다. 사람들을 더욱 넓게 품어 안을 수 있게 되었고, 웬만해서는 상처 받지 않게 되었다. 상처 받지 않는 법을 체득하게 되었다고나 할까.

그게 내 삶이었다. 나는 늘 사람들과 함께 하려고 했다. 늘 잘했다는 것이 아니다. 잘못했을 때가 더 많았다.

섬에 든 지금은 사람들을 자주 만날 일도 없고, 소위 운동이라는 것과도 멀어졌다. 하지만 내 삶의 행동방식은 그대로 몸에 남아있다. 예전처럼 소위 운동이라는 것을 하고 있지는 않지만 본질은 그대로 남아있다. 예전처럼 그렇게 사람들을 만나지 않는다고 해서 내가 달라진 것은 아니다. 나는 여전히 나다.

93.

유아 시절 서울특별시 서대문구 교남동(지금은 종로구)에 살
때 우리 집은 적산가옥이었다. 우리 집이라 했지만 달세
를 내고 사는 집이었을 뿐이다. 우리가 사는 2층 방에 다다
미가 깔려있었고, 방 한가운데 난로가 있었던 것을 기억한
다. 겨울이면 누런색의 커다란 주전자가 놓여 있었다. 걸을
때마다 삐걱거리는 소리가 나던 계단도 있었다. 계단 아래
휘발유 드럼통을 반으로 잘라 만든 목간통이 있었다. 사촌
누나가 그 안에서 더운 물에 몸 담그고 목욕을 하던 모습
을 훔쳐보던 기억이 있다. 세 살 이전의 일이니 무엇을 보
고 있는지 알기나 했을까 싶기도 하다.

가구수는 많지 않았던 것으로 기억하는데, 우리 동네에는
○○의원도 있었다. 그 의원 입구에 있던 화단에 채송화와
나팔꽃이 곱게 피어나던 것도 기억나고, 붉은 벽돌로 화단
의 울타리를 만들어 놓았던 것도 기억난다.

마을 한가운데에 목재소도 있었다. 나왕 같은 나무로 얼기

설기 울타리를 쳤는데, 나무에 옹이구멍이 많이 있었다. 나는 그 구멍을 통해 세상을 바라보는 것을 좋아했다. 같은 것을 보아도 그 옹이구멍으로 보면 다르게 느껴졌다. 달리 보였다. 모든 것들을 새롭게 만드는 마술 구멍 같았다. 울타리 밖에서 옹이구멍을 통해 목재소 안을 들여다 보는 것도 좋았고, 목재소 안에서 밖을 내다보는 것도 좋았다. 나는 목재소를 좋아했다. 아니 나무에서 나는 냄새를 좋아했다. 내게 존재하는 것들은 모두 저마다의 향기가 있다는 것을 가르쳐 준 것이 나무였다. 나무의 향기였다. 비록 목재로 켜져 누운 채로 있었지만 유아 시절의 내게는 죽은 목재가 아니라 살아있는 나무였다.

유아 시절 내가 세상을 바라보던 옹이구멍은 내가 노년의 나이가 된 지금까지 세상을 보는 통로였다. 다만, 그 구멍을 통해 바라보는 내가 달라졌을 뿐이다. 몸이 달라지고, 삶이 달라지고, 마음이 달라졌다. 하지만 나는 지금도 여전히 세 살 이전에 바라보던 그 옹이구멍으로 세상을 바라보고 있다.

94.

날 따뜻하다. 창 모두 열었다. 점심 먹고 책 읽었다. 식곤증
탓인지 눈가로 온기가 몰려드는 듯하다. 졸음을 쫓아내려
고 집 뒤편 계곡에 들었다. 계곡은 단풍 절정이다. 세상의
일은 세상 사람들에게 맡긴다는 듯, 산 중은 다른 세상이
다. 나뭇잎들은 살아오는 내내 드러내지 않던 내면의 빛들
을 마음껏 뿜어내고 있었다.

흙에서 온 것은 흙으로 돌아가겠지만
빛에서 온 것은 빛으로 돌아가리라

숲에 정령이 산다는 말은 참이다. 숲에 들면 언제나 정령
들의 기운과 빛을 느낄 수 있다. 내가 사는 집 뒤편 숲에도
정령이 산다. 도서산간벽지인 이곳의 숲에 사는 정령은 아
마도 좀 더 순진하고 촌스럽지 않을까 싶다. 나는 순진하
고 촌스런 숲이 좋다. 그렇게 시골스러운 정령이 머물 수
있고, 나같이 노인이 되어가는 이들도 편하게 들 수 있으
니 말이다. 나뭇잎도 흔들리지 않는데 바람이 분다.

바람 불지도 않는데 나뭇잎 흔들리고
손에 쥔 것도 없는데 내려놓으니
싸릿대 얼기설기 이어 만든 문짝 사이에 끼인
굴참나무 마른 잎이 뚝, 하고 떨어진다

유년 시절 물고기 잡으러 개울에 몰려가
이리 몰고 저리 쫓으며 그물질 하다가
물고기 몇 마리 잡지도 못했는데
정강이에 득실득실 매달려 있던 거머리들이
피를 빨며 꿈틀거리는 것을 보다가
쳐서 떨어내고 잡아 뜯어 떨어내고 끝내 떨어지지 않는
놈들은
나뭇가지에 불을 붙여 지져 떨어내던 기억들도 툭, 하고
떨어진다

그 시절이 언제인가 아득하기만 한데
불로 지져대며 낄낄거리던 순간들은 어제만 같고,

지난 여름만 같다

세월은 어느새 흘러 흰머리조차 다 빠져 가는데

바람 없는 날 나뭇잎 흔들리는 소리는 어찌 그리

잘 들리는지

먼저 먼 길 떠나 볼 수 없는 이들의 소식은 어찌 그리

잘 듣게 되는지

지우지 않은 전화번호를 볼 때마다 그들의 안부를 묻는다

기다릴 수 없는 이들을 기다리며

가슴 설렌 생의 전설을 듣는다

도서산간벽지의 산 중에는 가을 깊어져

삶도 머물고 생도 살고 있어

세월을 잊은 채

계곡을 건넌다

95.

음악은 하늘에서 나와서 사람에게 붙은 것이요
텅 빈 허의 상태에서 나와 스스로 이루어지는 것으로써
사람의 마음으로 하여금 감동하여 움직이게 하고
혈맥이 통하고 정신을 기쁘게 하는 것이다

《악학궤범》의 서문에 나오는 말이다.

음악의 정신에 대한 가르침이지만, 나는 이 말을 생각할 때마다 삶에 대해 생각하게 된다. 악이 하늘에서 나와 사람에게 붙은 것이라면, 악과 함께 살아가는 사람의 삶 또한 하늘에서 나온 것이라고 해도 과언이 아니다. 하늘의 사람이라는 말이다. 하늘에 속한 삶이란 말이다. 또한 아무것도 없는, 텅 빈 '허'의 상태에서 왔으나 사람을 감동시키고 살리는 생명의 '실'한 기운을 담고 있다는 말이다.

내 삶은 그러한가.
빈 마음으로 살아가며 사람과 생명들을 살리고 있는가.

빈 마음으로 돌아갈 준비가 되어 있는가.
나는 하늘의 사람인가.
하늘에 속한 사람인가.

나는 음악을 하는 사람이라고 말할 수는 없지만, 음악을
사랑하는 사람임에는 틀림없다. 밤에도 작게 음악을 틀어
놓고 자고, 아침에 일어나 거실에 내려오면 제일 먼저 하
는 일이 음악을 트는 일이다. 외출할 때에도 특별한 일이
없는 한 음악을 틀어 놓는다. 음악 속에서 살아가지만 음
악의 정신으로 살아가고 있는지는 잘 모르겠다.

•

산 중은 여전히 가을이고, 집도 여전하다. 집 뒤편 계곡 가
까이 내려온 겨울이 마당을 건너오는 모습을 보려고 자주
거실 창밖을 내다보고 있다. 시간은 흐르고 계절은 새로워
진다. 시간만이 존재하는 모든 것들을 규정한다. 나도 시
간이 흐름에 따라 소멸하고 생성할 것이고, 다시 새로워질
것이다. 존재하는 모든 것들 중 시간만이 영원하지만, 영원

한 것이 또 하나 있다. 존재하는 모든 것들은 생성과 소멸을 반복한다는 것이다. 태어나고, 자라고, 즐겁고, 아프고, 소멸하고, 하늘로 돌아갈 것은 하늘로 돌아가고, 땅으로 돌아갈 것은 땅으로 돌아갈 것이다. 하늘로 돌아갔던 것들은 다시 땅으로 내려오고, 땅으로 돌아갔던 것들은 다시 하늘로 올라갈 것이다.

날 차지만, 햇살 좋은 아침이다.

96.

사람들 저마다 살아온 경로가 다르고 경험이 다르니 인생에 정답이라는 것이 있을 수 없다. 한 사람의 경험에서 얻은 지혜들을 일반화시킬 수 없음은 물론이다.

내 지나온 삶을 돌아보면 늘 위태로웠다. 하지만 위태로울 때가 가장 안전한 때였다. 언제나 길 없는 길을 가듯, 허공 위를 걷듯 험하고 위태로운 길을 걸어왔지만, 돌아보니 그 길이 가장 안전한 길이었다. 살아남을 수 있는 유일한 길이었다. 그래서 늘 편안했다. 늘 두려움 속에 있었지만 그래서 더 안전했다. 두려움은 동반자이며 동시에 안내자이기도 했다.

내 삶에서는 그러했다. 언제나 위태로울 때가 가장 안전한 때였다.

97.

살아가는 모든 것이 아름답다
찬찬히 들여다 보면 아름답지 않은 삶이 없고
정 담긴 이야기 없는 삶이 없다

아름다운 삶을 어찌 사랑하지 않으랴
정이 담뿍 담긴 삶에 어찌 정을 나누지 않으랴

굴다리 아래 하수구에서 비바람을 피하던 삶도
잃을 수 없는 사랑을 잃고 무릎에 얼굴 묻고 눈물 쏟던 밤도
라면 국물에 쩔은 냄새나는 만화방 소파에서 쪼그려 자던
순간들도
두려움과 걱정으로 서성이던 골목길도

어찌 아름답지 않고
어찌 정감이 가지 않으랴

살다보면

꽃들 피어나는 날도 있고
비바람에 꽃잎 흩날리는 날도 있지

바람결에 마음도 젖고
비에 몸도 젖기도 하는 거지

피면 피는대로 흩날리면 흩날리는대로
매 순간 아름답지 않은 순간이 없다

그렇게
피고 지고

다른 길은 없습니다

98.

집 뒤켠 계곡에도 가을이 깊어가고 있습니다. 단풍 들고
있습니다. 가을 참 좋습니다. 봄 같은 설렘은 없지만, 여름
같은 찬란한 풍요로움도 없지만, 눈부신 이별이 있어 더욱
좋습니다.

가을 깊어지면 나무들은 늦여름 몰아치던 태풍에도 떨어
뜨리지 않았던 무성했던 잎들을 스스로 떨어뜨립니다. 살
에는 모진 겨울을 견뎌내기 위한, 살아남기 위해 스스로
에너지 소모를 줄입니다. 광합성도 하지 않습니다. 모든 영
양분을 뿌리에 모으고 눈보라 몰아치는 겨울을 견딥니다.
생존을 위한 치열함입니다. 그래서 가을이 더욱 아름답습
니다. 스스로 나뭇잎 떨어내는 그 마음이 아름답습니다.

그런 아쉬움 때문이겠지요. 그래서 눈부시도록 아름다운
자태를 드러내는 것이겠지요.

숨겨두었던 아름다움입니다. 숨겨둔 사랑입니다. 이제 자

신의 사랑을 온 세상에 찬란하게 드러냅니다. 그 사랑의 아름다움을 찬란하게 피웁니다. 당신을 향한 내 마음이 이러했다고 보이는 것입니다. 보여주지 않으면 믿지 못하는 어리석은 당신을 향해, 확인하지 않으면 안심하지 못하는 부족한 당신을 향해 보이지 않던 마음을 드러내는 것입니다. 내가 없더라도 이 겨울을 잘 견뎌내라고 말입니다. 살에는 모진 겨울을 이겨내고 꽃 피는 봄에 설렘을 가득 안고 다시 보자고 말입니다.

이제 되었지요, 그렇게 해요, 하고 말입니다.

그래서 가을이 참 좋습니다. 마음도 함께 깊어지니 말입니다. 가을 깊어지면 마음도 절로 깊어집니다. 그래서 가을입니다. 산 중에도, 제 마음에도 가을이 깊어지고 있습니다.

99.

가을 떠난다고 낙엽 지지 않는 것은 아니다
낙엽조차 떠나면 그제야 가을 깊어진 것을 안다
그대 떠난 길 위로 가을 깊어지면
어제와 오늘이 하루와 같아 내일도 같을 것임을 안다
삶이 하루와 같고 생의 일부 혹은 전부라고 하더라도
삶은 흐르고 있다는 것을 안다
그러니, 기다리고 그리워할 밖에
흐르는 것이 어디 삶뿐이랴
눈부신 설렘, 아픈 떠남, 슬픔과 눈물에 이르기까지
어쩔 수 없었던 매 순간순간들도 흐른다
어찌 돌아보지 않으랴
안타까움과 설렘, 쓸쓸함과 기쁨까지도 떠나가니
사람을 그리워하게 되는 가을이 깊어지고 있음을 안다
사람을 아는 가을이다

100.

때로 상처 받고
때로 서운하고
때로 외롭고
때로 쓸쓸한 것은

함께 살아가고 있기 때문이다

홀로 살아간다면
상처 받고 서운할 일이 어찌 있겠는가

누군가를 사랑하고 있기 때문이다

사랑하고 있지 않다면
외로움과 쓸쓸함을 어찌 알 수 있겠는가

그러니 함께 살아갈 밖에
그러니 사랑하며 살아갈 밖에

상처, 서운함, 외로움, 쓸쓸함도 없다면
또한 삶은 얼마나 외롭고 쓸쓸하겠는가

•

삶이란 가까운 길을 가더라도 먼 길 돌아가는 것이라지만,
가깝고 먼 길이 어디 있겠는가. 그저 가는 길에 있는 곳을
지나쳐 갈 뿐이지. 좋은 날이다.

101.

제주는 섬이다. 사면이 바다로 둘러싸인 섬이다. 설문대할 망이 우주의 중심이 되는 곳을 찾아 한 세상 펼쳐 놓은 땅이 바로 이 섬이다. 이 섬은 섬의 운명을 그대로 지니고 있다. 섬이라서 자신들만의 전설과 설화들을 오랜 세월 품고 키워낼 수 있었다. 하지만 자신의 정체성을 지켜갈 수 있었던 고립된 공간으로의 섬은 그 고립으로 인해 외세의 영향에 취약할 수밖에 없었다.

이 섬에 세워진 '탐라'는 섬 밖으로부터 많은 고통 받았다. 고려 말 우리가 잘 아는 최영 장군은 4만 대군을 이끌고 들어와 탐라의 거의 모든 남정네들을 죽였다. 최근에 다시 세워진 것이지만 최영 장군 승전비가 서귀포시 법환포구에 커다랗게 세워져 있다. 그 후 조선시대에 출륙금지령으로 상징되는 가혹한 수탈을 거쳤고, 현대사에 들어와서는 일제의 침탈로 전쟁기지화 되었고, 해방 후에는 4·3을 겪었다. 수많은 제주 사람들이 죽었다. 박정희, 전두환 정권에 이르러서는 또한 많은 조작간첩 사건들이 있었다.

섬은 고통의 땅이었다. 섬에는 세 가지가 많다고 하여 삼다도라 불렸다. '돌, 바람, 여자'이다. 어린 시절에는 이 세 가지의 의미도 모른 체 그저 노래를 흥얼거리며 따라 불렀었다. 이 세 가지는 섬사람들이 겪어온 고통과 눈물이다. 이런 이유, 저런 이유로 남정네들은 다 죽었다. 여인들은 아이를 키우며 살아야 했다. 농사를 지으려고 하니 돌이 많아 농사를 짓기 힘들었고, 고기를 잡으려니 바람이 거세어 고기잡이도 제대로 할 수 없었다. 그런 사연이 담겨 있는 단어가 '삼다도'이다. 그러니 어찌 눈물 어린 삼다도라 아니하겠는가.

그런 고통의 세월을 보내다 보니 섬사람들은 고통 없는 땅을 그리게 되었다. 그 바람이 그대로 담긴 이야기가 이어도이다. 고통이 없는 땅이다. 먹고 마시는 것이 풍족한 땅이다. 물론 남정네들도 돌아와 함께 살아가는 땅이다. 유토피아이다.

그 유토피아인 이어도를 섬에서 살아간 예술가들은 그리워했다. 때로는 멀리서 보았고, 때로는 만났다. 그것을 자신의 작품에 드러내곤 했다.

고 김영갑 선생은 이어도를 보았다. 김영갑이 본 이어도는 오름이었다. 그는 이어도를 오름에서 만났고 숨을 거두는 순간까지 20년을 오름에서 살아왔다. 육지 사람이었으나 섬에 취하고 섬의 이야기에 마음을 빼앗겨 이어도를 찾아 나섰던 김영갑은 오름에서 이어도를 만났다.

하지만, 섬에서 태어났지만 육지와 다른 나라를 떠돌다가 돌아온 화가 변시지 선생이 만난 이어도는 오름이 아니었다. 현실이었다. 절망뿐인 현실, 절망의 한가운데였다.

그가 제주에 들어와 생활하던 말년의 그림들에는 수평선처럼 보이는 선이 하나씩 그려져 있다. '너머'의 세상이다. 변시지의 시선은 섬의 삶 너머, 이 세상의 삶 너머, 고통과 눈물 너머, 넘어 선 삶은 생의 너머까지 닿아 있었다. 그 선 너머에 유토피아가 있다고 생각했던 것일까. 그 선 너머에 있는 이어도를 그리워한 것일까. 갈 수는 없지만 그 세상을 보고 있었던 것은 아닐까. 폭풍우로 상징되는 시대의 폭압과 삶의 무게에 눌리고 지쳐 구부정해진 몸을 지니게 된 사람들에게 저 선 너머에 이어도가 있으니 힘을 내라고 희망을 전하고 싶었는지도 모른다.

이어도를 오름에서 만난 김영갑의 사진들은 현실이다. 그래서 현실에서 이어도를 만나지 못한 사람들에게는 비현실적이다. 하지만 변시지의 그림들은 다르다. 변시지 그림들의 현실은 절망이다. 현실에서 이어도를 만나지 못했다. 하여, 절망 속에 놓여 있는 그 시대의 수많은 사람들에게 변시지의 그림들은 현실이다.

그것이 변시지의 그림들이 사람들에게 더욱 강한 울림을 주는 이유이다. 변시지의 그림들 속의 현실은 절망이지만, 그 절망은 선 너머에 있는 희망을 바라보고 있다. 그래서 변시지의 그림을 사랑하는 이들은 폭풍우 속에서 구부정한 몸으로 고통스런 표정을 짓고 있는 사람들에게서 희망을 느끼고, 바라보고, 만나는 것이다. 변시지의 그림은 속에서 건져 올린 희망의 노래들이다. 희망의 메시지이다.

102.

때로 불행이 고마울 때가 있습니다
행복을 알게 해주기 때문입니다

때로 슬픔이 감사할 때가 있습니다
기쁨을 알게 해주기 때문입니다

행복과 기쁨만 있다면
삶은 참으로 무미건조해질 것입니다
아무런 변화도, 굴곡도 없으니
더 이상의 정신적, 영적 성장도 이루어지지 않을 것입니다
생을 얻고 살아가게 된 의미를 잃게 될 것입니다

그런 탓이겠지요
저는 상처 받을 때마다
상처 받지 않았던 시간들을 생각하며 감사하고 있습니다

상처를 사랑하고 있습니다
상처가 있어 회복도 있고
상처가 있어 사랑도 더 깊어지기 때문입니다

그래서 그렇겠지요
더 큰 상처도 두려워하지 않게 되었습니다
언제나 두려움 없이 걸어 갈 수 있게 되었습니다
깊은 사랑을 얻게 되는 길이니 어찌 두려워하겠습니까

우리 자신을 참으로 사랑할 수 있다면
상처로 인해 누군가를 증오하지 않을 수 있습니다
오히려 더 사랑할 수 있습니다

103.

아무리 훌륭한 사람이라 하더라도
결점이 없는 사람은 없습니다

아무리 재능이 차고 넘치는 사람이라고 하더라도
부족함이 없는 사람은 없습니다

누구나 하나, 둘 정도가 아니라
많은 결점과 여러 부족한 점들이 있습니다

하지만 그런 결점과 부족함이 반드시 나쁜 것만은 아닙니다
다른 이들을 살피고 도우며 선하게 살아가게 하는 요인이
되기도 합니다

결점이라고 해서 언제나 나쁜 것은 아니며
부족하다고 해서 반드시 더 좋지 않은 상황을 만드는 것은
아닙니다

그러니 결점이나 부족함을 탓하지만 마시고 잘 품어주면 좋겠습니다

따스하게 격려해주시면 더욱 좋겠습니다

104

부드러워야 합니다
부드러운 것이 가장 굳세고 품이 넓은 것입니다

바람에 흔들리는 풀처럼
저마다 흐르다가도 하나 되어 흐르는 물처럼
그렇게 부드럽게 살아가야 합니다

부드러움만이 자신을 다스리고
다른 이들과 함께 살아갈 수 있는 힘을 줍니다

다른 이들과 함께 무엇인가를 이루고 싶다면
더욱 부드러워야 합니다

나와 다른 생각을 하고 다른 행동을 하는 사람들을
배제하고, 배척하고, 무시하고, 비난해서는
다른 이들과 아무 것도 함께 할 수 없습니다
배제 되고, 배척 당하고, 무시 받고, 비난 받은 이들이

어찌 함께 하려고 하겠습니까

그들도 당신을
배제하고, 배척하고, 무시하고, 비난할 것입니다
더 나아가 적대하고 방해하려 할 것입니다

그러니 부드러워야 합니다
아무리 옳은 말을 한다고 하더라도
부드럽지 못하면 아무 것도 이룰 수 없습니다

옳은 말 못지않게 중요한 것은
아니 어쩌면 더욱 중요한 것은

그 말들이 삶 속에서 실현될 수 있게 하는
올바른 행동입니다

설혹, 홀로 살아가는 삶이라고 할지라도

온전한 삶으로 살아가기 원한다면
부드러워야 합니다

부드러움만이
우리 자신을 조화로운 존재로
이끌어 주기 때문입니다

그러니,
그저 부드럽게…

105.

최고의 조언은
조언하지 않는 것이다

맛난 것 먹으며
들어주고 웃어주며
어깨 나란히 걷고
함께 있어 주는 것보다

지갑을 여는 것보다
더 훌륭한 조언은 없다

조언하지 않는 것이
가장 훌륭한 조언이다

다른 사람의 삶은 물론이려니와 제 삶조차도 변화시키기 힘들다는 것을 알고 있습니다. 변화가 꼭 좋은 것이라고 말할 수도 없습니다. 저는 제가 살아가며 할 수 있는 일이 그리 많지 않다는 것을 잘 알고 있습니다. 제가 만나는 사람들에게 해 줄 수 있는 말은, 그저 '너무 애쓰며 살지 않아도 된다'는 정도일 뿐입니다. 할 수 있는 한, 너무 애쓰며 살지 않아도 될 수 있도록, 마음도 몸도 편히 지낼 수 있도록 지켜주고 살펴주는 정도가 할 수 있는 일의 전부라는 것을 잘 알고 있습니다.

저는 누구에게도 조언이나 충고 따위는 하지 않습니다. 할 수 있는 만큼, 곁에 있어줄 뿐입니다. 함께 밥 먹고, 함께 걸을 뿐입니다. 바라보아주고, 들어줄 뿐입니다. 저와 있는 동안 조금 편하게 있다가 떠나도록 마음 쓸 뿐입니다. 저도 애쓰지 않으면서 할 수 있는 만큼, 그만큼만 말입니다.

274

107.

삶은 언제나 등 뒤에 있습니다. 잘 살아 보겠다며 그저 열심히만 살며, 앞으로만 나아가는 동안은 볼 수 없습니다. 가던 걸음을 멈추고, 뒤돌아서야 볼 수 있습니다. 지나온 걸음을 느낄 수 있습니다. 지나온 삶을 마주할 수 있습니다. 그래야 길을 잃지 않을 수 있습니다. 행여 잃더라도 다시 제 길로 찾아 들 수 있습니다.

오래 전 백두대간을 걸을 때의 일입니다. 하루에 10시간에서 15시간을 마루금을 따라 걸었습니다. 산과 봉우리 그리고 크고 작은 고개라 할 수 있는 치, 현, 재를 하루에 40~50군데를 지났습니다. 한 시간, 두 시간 걷다가 어느 순간 돌아보면, 지나온 산줄기가 첩첩하고 겹겹하게 늘어서 있었습니다. 그때마다 참으로 경이로웠습니다.

'아, 저 많은 산과 봉우리를 지나왔구나.'
'저 아득하기만 한 산길들을 걸어왔구나. 한 걸음, 한 걸음.'

한 걸음의 위대함을 매 순간 느끼며 걸었습니다.

삶도 이와 같습니다. 그렇게 한 걸음 한 걸음 걸어가는 것입니다. 삶 전체도 한 걸음 한 걸음으로 이뤄진 것입니다. 가끔 걸음을 멈추고 돌아봐야 하지만, 걷던 걸음을 끝내 멈추지만 않는다면, 가고자 했던 곳까지 마침내 닿을 수 있습니다. 처음도, 끝도 오직 한 걸음 뿐입니다. 다른 방법도 없고, 다른 길도 없습니다.

108.

나는 수도 없이 실패하였다. 실패가 너무 많아 헤아릴 수도 없다. 아무리 찬찬히 되돌아보며 짚어 보아도 성공이라고 우겨볼만한 일을 하나도 발견할 수 없다. 단 한 번의 성공도 생각해낼 수 없다. 그럼에도 불구하고 한 가지 잘 한 것을 굳이 들라고 하면, 실패해도 주저앉지 않았다는 것이다. 실패해도 나아갔다는 것이다. 길이 끝나는 곳에 서더라도 허공으로 길을 이어 다시 나아갔다. 그렇게 길 위에서 살아왔다. 그게 지나온 나의 삶이다.

나는 한 사회의 삶도 이와 비슷하다고 생각한다. 민주적인 사회를 만든다는 것은, 사람이 살아갈만한 세상을 세워나간다는 것은 수많은 사람의 셀 수 없는 많은 실패가 있고서야 가능한 일이다. 생을 다 바친 사람들의 실패와 그 과정에서 남겨진 깊은 상처들, 좌절과 회한 등이 켜켜이 쌓이고 쌓이며 한걸음씩 새로워지는 것이다. 실패했다고, 상처가 깊다고, 좌절로 인해 회한이 쌓였다고 걸음을 멈출수는 없는 일이다. 실패하더라도 나아가야 한다. 차이를 극복하고 함께 나아가야만 한다. 그렇게 나아가야만 새 길이 열리고 새로운 세상을 만나게 되는 것이다. 길은 멀고 가야할 길은 많이 남았다.

길은 걸음을 내디딘 만큼, 딱 그만큼만 열린다. 내딛지 않으면, 앞에 놓인 길도 이내 숲이 우거져 길이 아니게 되는 것이다.

그래서 하는 말이다. 제발 좀 징징거리지 말고, 차이 운운하지 말고 다시 힘차게 걸음을 내딛기 바란다. 함께, 말이다.

109.

그대에 대해 잘 모릅니다

그대 몸에 남아 있는 고통과 상처, 아픔과 눈물을 모릅니다

그저 그대라는 존재를 알 뿐

그대 안에 들어 있는 삶의 수많은 이야기를 모릅니다

그러니 당연히 그대를 판단하고 정죄하지 않습니다

그대와 제가 생각이 다르고 행동거지도 아주 다르다고 해서

그대를 미워하지는 더더욱 않습니다

그대가 수많은 사람들에게 씻을 수 없는 고통을 주는 큰

잘못을 했다면 모를까

제가 도저히 이해할 수 없는 행동을 그대가 했다고 하여도

그것으로 그대를 배척하거나 적대하지 않습니다

말씀드렸듯이 저는 그대가 살아온 날들을 모르니 말입니다

그러니 그대와 함께 걸을 수 있습니다

함께 걷는데 말은 별로 필요 없습니다
살아가는데 말은 별로 필요 없습니다

하지만 그대가 하지 못한 마음의 말이 있다면
바람에 나뭇잎들 속삭이듯 수런수런 이야기 나누며 걸어
도 좋습니다

저는 별로 바라는 것이 없습니다

우리가 저마다 서로를
더 많이 위로하고 더 오래 품어줌으로
우리 자신 또한 위로 받을 수 있기를 바랄 뿐입니다

서툴고 잘못하고 부족한 것이 많은 인생이니
더더욱 그래야 하지 않겠습니까

그러니, 햇살 좋고 바람 선선한 날
누군가와 함께 걸어보시기 바랍니다
못다한 말들, 남아 있는 말들을 나누면서 말입니다

그런, 이름 없는

110.

늘 혼자라고 생각하지 마세요

당신보다 앞서가며
당신을 기다리고 있는 사람이 있지요

행여 당신이 다치고 넘어질까
좁은 산길로 뻗어 있는 나뭇가지도 정리하고
돌부리도 캐내어 숲 저편으로 치우고
당신을 기다리고 있는 사람이 있지요

그러니 혼자라고 외로워마세요
당신이 보지 못할 뿐이에요

당신의 뒤를 따라가며
당신이 지쳐 발걸음이 흐트러지지는 않았는지
넘어지지는 않는지 살펴보는 사람이 있지요
그러니 혼자라고 두려워하지 마세요

당신이 느끼지 못할 뿐이지요

당신의 곁에는 늘 당신을 사랑하는 사람들이 있지요
당신을 지키고 보살피고 기다리는 사람들이 있어요
당신은 태어난 이후로 단 한 번도 혼자였던 적이 없지요

그런 당신은 또 누군가의 앞이나 뒤에서
누군가를 지키며 살아가고 있지요

사랑인가 봐요

잠시만이라도 걸음 멈추고
자신을 돌아보고 주변을 살펴본다면
이 사랑들을 쉽게 만날 수 있지요

아무리 생각해도
그것은 사랑인가 봐요

사랑 아니고는
설명할 길이 없으니 말이에요

III.

삶은 부족한 채로 완전한 것이니
깨달음도 지혜도 좀 부족한 것이 좋다

몸을 지니고 삶이라는 것을 살아가는 사람이
오고 가는 생의 도를 온전히 깨닫기 시작하면

삶은 더 이상 삶이 아니게 된다
이 생에 머물면서도 저 생을 살게 된다

부족한 채로 어리석고
어리석어 서툴기도 하고
그래서 울기도 웃기도 하는 것이 삶이다

삶을 살아가는 이유는
이런 삶의 지혜를 얻기 위한 것이니
삶 너머의 지혜에 너무 깊이 천착하지 말기 바란다
행여 깨달아 알게 되더라도

조금 떨어져 보기 바란다

아직은 삶에 머물러 있으니

112.

홀로 벗 삼아
이 길 걷고 저 굽이 지나며
살아온 날들에
어느덧 노을 깃들어
뺨이 붉구나

사랑하며 살아온 것 같은데
사랑은 원래 없던 것인지 뵈지 않고
붉은 노을만 아름답구나

어제 같은 내일이야 그러리라 생각하지만
올 것 같지 않던 오늘이야 어쩌랴

떠날 것은 떠나고
돌아올 것은 돌아오는 것이 인생길인데
사람 사는 세상은 어찌 이리 막막하고 모질단 말이냐

붉은 흙 닮았는가
붉은 눈물 닮았는가
붉은 낙조 허허로워 좋기만 하구나

사랑이라도 해야지 어쩌겠는가
홀로 벗 삼아 가는 길에 사랑도 없다면
얼마나 삭막하겠는가

•

고단하기만한 우리 삶에도 눈부시게 아름다웠던 날들이
있었지요. 황홀했던 순간들이 있었지요. 누구에게나 인생
에 한 번은 혹은 몇 번은 그런 순간들이 있으니 말이에요.
붉은 노을처럼. 그렇게 눈부시고 황홀한. 어쩌면, 지금이
바로 그 순간일지도 모르지요. 너무나 힘들게 느껴지는 지
금 이 순간이.

113.

물안개에 젖은 계곡의 찬 바위에 앉아 손을 씻는다. 찬 기운이 손끝을 타고 올라와 마음을 씻는다. 바람 불어온다. 깊은 산 중의 호수에 이는 잔물결처럼 계곡을 흐르는 물에도 잔물결이 인다. 남은 달빛이 물결에 드리운다. 남은 달빛이라 그런가. 서럽고 아름답다. 여기도 사랑이 있다. 사랑이야 원래 서럽고 아름다운 것이라지만 삶은 어떠한가. 삶은 원래 아름답고 아픈 것이라지만 사랑은 어떠한가. 사랑이란 낯선 그리움과 같고, 삶이란 산 너머의 숲길 같은 것이다. 알 수 없는 그 낯선 길을 휘적휘적 걸어가는 것이겠지, 살아간다는 것은. 남은 달빛인가. 지난 저녁 산그림자 드리우던 노을빛인가. 잔물결이 반짝인다. 지나온 것들도, 지나갈 것들도 모두 그리워진다. 살아간다는 것은 그렇게 그리움 남겨두는 것이겠지. 남은 달빛처럼.

114.

삶이란
함께 살아가는 이들에게 상처를 나누어주는 것이다
켜켜이 쌓인 상처들을 갈무리하며 살아가는 것이다

그러니 사랑하며 사는 것이 좋다

삶이란
얻는 것보다 잃는 것이 더 많고
함께 하는 기쁨 보다 홀로 가는 외로움이 더 깊고
설렘과 위로 보다 두려움과 상처를
더 많이 입으며 살아가는 것이다

그러니 사랑조차 하지 못한다면
얼마나 쓸쓸하고 슬프겠는가

그러니 사랑하며
함께 살아가는 것이 좋다

가닿을 수 없는
그래서 늘 품고 있는
그런

115

마음이 원하는대로 행하지만
하나님의 바람과 조금도 어긋남이 없게 하시고
하고자 하는 일을 하더라도
거슬림과 다툼이 없게 하시고
머무는 곳마다 위로와 사랑이 넘치는 땅이 되게 하시고
만나는 이들마다 평화의 사람이 되게 하소서

살아가는 모든 순간순간마다

숨 쉬고 말 하고 행하는
모든 짓거리들이
나무를 만나면 나무 같게 하시고
바람을 만나면 바람 같게 하시고
숨결을 만나면 숨결 같게 하셔서

결코 드러남 없이 하소서
드러남 없이

헤아릴 수 없이 많은
먼지 중 하나처럼
그렇게 살아가다
소멸하게 하소서

하마터면 열심히 살 뻔 했다

산 중에는 지난 밤부터 비 내린다. 산길을 걷다가 맞을만
한 비지만 걸으러 나가기에는 망설여지는 비다. 잠시 멈추
는 듯하다가 다시 내리고, 조금 잦아드는 듯하다가 조금
더 많이 내린다. 이렇게 추슬추슬, 추적추적 내리는 날이면
인생이 혼자삼아 살아가는 길임을 문득 떠올리게 된다.

홀로 벗 삼아 이 길 걷고 저 굽이 지나며 살다보면, 저녁 오
며 노을 깃들 듯이 주름진 얼굴에도 붉은 그림자 깃든다.
사랑하며 살아온 것 같은데, 사랑은 보이지 않는다. 붉은
그림자만 서성이고 있다. 떠날 것은 떠나고 돌아올 것은
돌아오는 것이 생의 길이니 아쉬울 것은 없지만, 사람 사
는 세상은 생과 달라 때로 모질고 때로 막막하여 갈 길을
잊곤 한다. 그러니 어쩌겠는가. 사랑이라도 해야지. 혼자삼
아 가는 길에 사랑도 없다면 얼마나 삭막하겠는가.

사랑이 있어 삶은 참으로 살아볼 만하다. 때로 아픈 다리
로 걸을 수 있는 것도 좋고, 때로 시린 가슴 품어 눈물 뚝뚝

흘리며 눈물 젖은 밥을 먹을 수 있는 것도 좋다. 깊은 외로 움에 아파할 수 있는 것도 좋고, 아무리 걸어도 결코 닿을 수 없을 것 같은 길을 걸어가는 것도 좋다. 이룰 수 있는 것 이 아무 것도 없어도 결코 끝나지 않을 것 같은 길을 걸을 수 있어 참으로 좋다. 사랑은 하는 것이 아니라 품는 것이 니 그렇게 걸어가면 되는 것이다. 아주 오래 전에 지나온 길과 잃어버린 기억들을 어제처럼 느낄 수 있으니 그것만 으로도 충분히 좋다. 잃어버린다는 것은 새로움을 입는 것 이니 이번 생의 길은 그것으로 족하다. 무학의 경지나 무 생의 지경에 들지는 못하겠지만 잃어버릴 수 있는 것만으 로도 족하고 족하다.

사람 오고 가는 것이 비 내리고 그치는 것이나 매한가지인 데, 굳이 번거롭게 기억하고 의미를 부여할 것이 무엇이란 말인가.

117.

하마터면 열심히 살 뻔 했다
나이 들어서도 열심히 살 뻔 했다
열심히 살지 말자

드문드문
듬성듬성
기웃기웃거리며

틈이란 틈은 모두 있는
모자라고 헤픈 삶을 살아가자
한가로이 어울리며
휘적휘적 살아가자

118.

잠시였지만
나한전에 머물렀으니

지혜의 끄트머리라도 힐끗
보았기를 바라는 마음 간절하다

잠시라도
찰나에 비하면 영겁이니

지혜의 생에 들어
한 세상 산 듯한데

무학이고 무생의 경지에 들지는 못할지언정
척이라도 할 수 있어야 할텐데
어리석음은 끝이 없다

숲은 깊게 흐르는데

마음의 강은 얕기만 하여

어리석은 삶을 뒤척이게 하고
남겨두고 온 저 건너 생을 돌아보게 한다

119.

어떤 환경에서도
자신의 자리를 지키며
최선을 다해 자신을 사랑하고
돌본 생명들만이 꽃을 피워
지나는 이들에게 기쁨을 줍니다
생명을 이어가고 또 전할 수 있습니다
다른 생명들도 살립니다

자신을 버리고
자신의 삶을 버려서
다른 생명들을 살리는 것이 아니라

최선을 다해 자신의 생명을 지키고
삶을 풍요롭게 하여
다른 생명들을 살립니다

숲에서는

모든 생명들이
자신을 사랑하고
자신의 삶을 온전히 살아감으로
더불어 숲을 이룹니다
더불어 숲을 이루기 위해
자신을 죽이지 않습니다

더불어 숲을 이루기 위해
자신을 죽이라는 것은 사람들이 만든 세상의 말일 뿐입니다
허망하고 헛된 가르침일 뿐입니다

1983년 1월 겨울, 바람 세차던 날 가파른 산길로 브록크와 모래 등을 등져 날랐다. 허름한 건물만 덩그러니 남아 있던 곳에 방을 들이고 예배당을 꾸몄다. 새봄교회였다. 골목마다 나와 앉아 술 한 잔 기울이던 동네 아저씨들은 교회가 들어선다는 말에 "돈도 못 버는데 왜 교회가 들어서느냐?"고 했다. "쪼매 아래 시장 동네에 들어섰던 교회들도 돈 벌면 모두 좋은 동네로 이사 갔다."고도 했다. 나는 헤벌쭉 웃으며 "내려가는 교회도 있으니 올라오는 교회도 있어야지요."하고 아무렇지도 않은 듯 말했지만, 심장은 새가슴처럼 콩닥콩닥거리고 있었다. 그 길로 연탄도 져 날랐다. 지게에 지기도 하고 새끼줄로 엮어 들고 오기도 했다. 춥고 배고팠던 시절이었다.

화장실은 수십 가구가 함께 사용하는 공중화장실이었다. 화장실 앞에 줄서며 아침 인사를 했다. 요즘 같은 시절이 아니라서 화장실을 치우는 것도 힘들었다. 하여, 여름이면 발판으로 쓰는 브록크의 개수가 하나 둘 쌓여가기도 하고,

겨울이면 얼어붙은 대변에 걸려 넘어지고 하고 찔리기도 했다. 여름이건 겨울이건 조심하고 마음가짐 삼가며 정성이라도 들이듯 화장실에 다녀왔다.

돌이켜 생각해 보면 그 길로 나른 것은 브록크나 모래, 연탄 등만이 아니었다. 저마다의 삶이었다. 나는 연탄을 지어 나를 때마다 내 삶을 함께 날랐고, 그 시절 나와 함께 했던 이들도 저마다 자신들의 삶을 날랐다.

일일이 이름을 거론할 수도 없이 많은 사람들이 차는 올라올 수도 없는 그 비탈진 산길을 통해 올라오고 또 내려갔다. 그 길은 내 인생길이었고, 아직도 마음 한켠에 남아 있는 마음 길이기도 했다. 그 시절을 회상하며 내 삶의 젊은 날들을 돌아볼 수 있어 참으로 좋다. 고마운 삶이다. 감사하다.

121.

무릇 고수라는 것은
어느 것 하나도 숨김없이 있는 그대로 드러내지만
모든 것이 숨겨져 있는 자이다

스스로는 조금도 숨기려는 것이 없으나
다른 사람들이 도달하지 못한 경지에 이르러 있어
그들이 눈을 뜨고 있어도 알아볼 수 없는 지경에 이르렀기
때문이다

하여, 고수란
모든 것을 드러낸 자이나
모든 것이 숨겨져 있는 자이다

122.

평소보다 조금 일찍 일어났다. 이른 새벽이었다. 오래 전에 읽었던 《죽을 때 후회하는 스물다섯 가지》를 찾아 다시 읽었다. 왜 갑자기 그런 생각이 들었는지는 잘 모르겠다. 꿈속에서 죽음이라도 보았던 것일까. 아니면 일상의 삶 속에 죽음도 들어온 지 오래 되었기 때문이었을까. 그럴 수도 있겠다.

나이 들어 가다 보니 죽음이 가깝게 느껴졌거나, 후회 없이 죽음을 맞이하고 싶었거나, 그도 아니면 타인의 생을 통해 남은 생을 가늠해 보고 싶었기 때문일 수도 있겠다. 어쩌면 이 세 가지 모두이거나 아닐 수도 있겠다.

인생은 언제나 살아보지 못한 첫 날을 살아가는 것이지만 항상 낯설고 서툴기만 한 것은 아니다. 잘하지 못하는 것만 있는 것은 아니다. 살아오는 날들 동안 배워 잘하게 된 것들도 있다. 그 중 하나가 '받아들이기'이다. 처음에는 물론 생경하고 힘들었지만, 이내 받아들이게 되었다. 외로움도, 슬픔도, 두려움도, 마음과 몸의 고통도 받아들였다. 받아들이니 이내 익숙해지고 그다지 견디기 힘들지 않았다. 고통스럽기보다는 힘이 되고 위로가 되었다.

외로움은 낭만이 있어 이내 벗 삼을 수 있었고, 슬픔은 때로 큰 힘이 되었다. 두려움은 나와 나 아닌 것들을 구별하는 분별심을 심어 주었고, 마음의 고통은 적지 않은 위로를 주었다. 몸의 고통을 받아들이는 과정은 그대로 영혼의 구원에 이르는 길이기도 했다.

이런 과정을 지나온 탓인지 죽음도 받아들인 지 오래 되어 별로 두렵지 않았다. 죽을 때 후회를 남기게 될까 염려하고 두려워하는 마음조차 받아들인 지 오래 되었다. 후회를 남기는 것도 삶의 일부이고, 후회를 남기지 않는 것도 삶의 일부이니 그저 받아들일 뿐이다. 그 어느 것에도 연연하여 일희일비 하지 않게 된 지 오래이다.

그런데 왜 이 책을 다시 찾아 읽었을까.

삶이란 나 아닌 다른 것을, 무엇인가를 받아들이고 흘려보
내는 과정이다. 그 과정을 통해 나를 만나는 과정이기도
하다. 그러니 이런 삶의 어느 하루를 이렇게 맞이하고 보
내고 있는 것이 아닐까. 수많은 날들이 있는 듯하나, 실은
늘 하루를 살 수 있을 뿐인 우리의 삶을 온전히 맞고 보내
고 싶었는지도 모르겠다는 생각이 든다.

123.

아직은 설레며
하루를 시작할 수 있어 좋다

다가오는 시간들이나
낯선 이들을 만날 때
설렐 수 있어
참 좋다

아직은 그리움 품어
하루를 살아갈 수 있어 좋다

지나온 날들도 새 날들처럼 만나고
오랜 세월 함께 살아와 삶의 일부가 된 이들을
오늘 처음 만나는 이들처럼
가슴 떨리며 만날 수 있어
참 좋다
아직은 외로움 깊게

살아갈 수 있어 좋다

잊고 잃었던 이들도 다시 찾아내어 품고
알지 못한 채 스쳐 지나가던 것들을 다시 살갑게 만나고
홀로 머물러 함께 살아가게 하니

깊어지는 외로움 만큼
마음 넉넉하고 삶 너그러워져
참 좋다

아직은 깊이 사랑하며
살아갈 수 있어 좋다

삶을 마치고
생을 돌려보내는 날

몸 죽어

영혼 돌아가 묻힐 수 있는
그런 사랑이 있어
참 좋다
그렇게
설레고 그리워하고 외로워하며
사랑할 수 있어

살아간다는 것이

아직은,
참 좋다

124.

젊은 날에는
늘 '함께' 있으려고 했다
그것이 무엇이 되었든
함께 정한 의사는 곧 나의 의지가 되었다

빈민운동을 할 때에도
노동운동을 할 때에도
지역운동을 할 때에도
늘 나는 '함께'였다

함께하는 것이
내 기쁨이었고 존재의 이유였다

그렇게 살아가는 동안
나는 한 번도 '홀로'였던 적이 없다
홀로 있는 자유로움을 알지 못했다
홀로 있지 못하다 보니

함께 있지도 못했다
홀로 머무는 자유로움을 모르니
함께 살아가는 자유도 알지 못했다

홀로 머무는 것을 모르는 자가
어찌 함께 살아가는 것을 알 수 있겠는가

오십을 넘긴 이후로
나는 많은 시간을 '홀로' 보낸다

홀로 머물고
홀로 산길을 걷고
홀로 생각한다
홀로 이야기를 나누고
홀로 마음의 소리를 듣는다
홀로 사랑하며
홀로 살아가고 있다

그렇게

홀로 머물며

함께 살아가고 있다

서툴게 살 수 있어 좋다

125.

침묵 보다
깊은 대화는 없습니다

함께 걷더라도
다소 거리를 두고 떨어져

홀로 걷는 것보다
가까운 곁은 없습니다

만일 그대가
참으로 행복해지기를 원한다면
침묵 가운데 홀로 걸을 줄 아는 사람을 만나야 합니다
그는 이미 존재적으로 행복한 사람이기 때문입니다

섬에는 비 많이 내립니다
아침 되며 잠시 그친 듯하더니
다시 쏟아붓듯 내립니다

홀로 머물러

함께 있기

참 좋은 날입니다

126

대지가 제 마음을 열어
수많은 생명들 품어 살리듯이
받아들이는 사랑을 해야 합니다

커다란 바위가 제 단단한 가슴을 갈라
소나무들을 품어 살아가게 하듯이
받아들이는 사랑을 해야 합니다

나무가 제 영혼을 열어
숫한 생명들과 함께
정령의 숲을 이루듯이
받아들이는 사랑을 해야 합니다

풀이 부드러운 제 몸 내어주며 바람을 받아들이고
바람이 어우러져 흐르며 풀을 받아들이듯이
받아들이는 사랑을 해야 합니다
산이 나를 받아들여

숲의 일부가 되게 하듯이
받아들이는 사랑을 해야 합니다

진정한 사랑은
주는 사랑이 아니라
받아들이는 사랑입니다

사는 일에 서투른 것이 좋다
마음자리에 여지가 많아지고
삶의 자리에 여유가 많아져 좋다

사는 일에 불편한 일들이 있는 것도 좋다
불편함을 마음이 받아들이고
불편함에 몸이 익숙해지는 것이 좋다
같은 처지에 놓인 이들을 이해하고
마음으로나마 함께 할 수 있어 좋다

슬픔도 좋고 눈물도 좋다
생의 기쁨만 알고
삶이 품고 있는 슬픔은 모르는 것보다
슬픔을 알아 때로 눈물 흘리게 되는 것이 좋다

때로 아픈 것도 좋다
마음이 아프면 지난 삶을 돌아볼 수 있어 좋고

몸이 아프면 다시 몸을 추스릴 수 있어 좋다

내 삶에 일어나는
모든 일들이 다 좋다

서툰 것은 서툰대로
불편한 것은 불편한대로
슬픔은 슬픔대로
눈물은 눈물대로
아픔은 아픔대로

구원이고
은총이니

모든 일들이
좋고도 좋다

128.

나는 육십을 훨씬 넘긴 나이가 되어서야 꽃과 나무와 친해지고 있다. 땅을 알아가고 있다. 육십 즈음 되었을 때 나는 살아가기 위해 필요한 일을 해야 하는 것 외에는 더 이상 하고 싶은 일이 없었고, 또 없을 줄 알았다. 그런데, 변화가 왔다. 하고 싶은 일이 생겼다. 땅을 가지고 싶어졌다. 할 수만 있다면 넓은 땅을 가지고 싶었다. 그 땅에 나무도 심고, 꽃도 심고, 연못도 만들고, 내도 만들고, 바위도 옮겨 놓고, 숲의 일부가 된 의자들도 여기저기 놓고 싶다. 구름도 들여 놓고, 바람도 쉬게 하고, 비도 언제든지 머물다 갈 수 있는 그런 숲을, 정원을 만들고 싶다. 숲의 그늘진 구석에도, 정원 테이블의 커피 잔에도 언제든 햇살이 머물 수 있도록 하고 싶다. 인생의 남은 날들은 그렇게 살아가고 싶어졌다.

평생 무엇을 소유하는 일에는 관심도 없었고, 그래 본 적도 없었던 내가 육십이 다 되어 섬에 들며 처음으로 작은 마당을 가꾸게 된 후 마음속에 정원이 생겼다. 그리고 그 정원 주위로 나무들이 들어서더니 이제는 이야기 가득한

326

숲이 되어가고 있는 중이다. 나는 그런 땅을 소유할만한 현실적 능력도 없고 그런 능력을 갖게 될 가능성도 없지만 그렇게 마음속에 정원을 꾸미고 숲을 만들어가며 살고 있다.

돌이켜보면 나는 평생을 그렇게 살아왔다. 아무 것도 가진 것 없었지만 늘 모든 것을 가진 것처럼 생각하고 꿈꾸곤 했다. 단 한 번도 제대로 그 꿈이 내 삶에서 제대로 이뤄진 적은 없었지만 상처 받은 적도 없고 좌절한 적도 없었다. 내 삶에서는 제대로 이뤄진 적이 없었지만 내 삶의 밖에서는 무엇 하나 빠짐없이 이뤄졌고 또 이뤄지고 있기 때문이지만, 그보다는 내게 꿈은 언제나 현실이기 때문이었다.

하여, 나는 다시 꿈을 꾼다. 그런 정원을 가꾸고 숲을 만들어가는 꿈을 꾼다. 내 삶을 함께 만들어가던 벗들 뿐 아니라 내 삶의 밖에 있던 알지 못하던 벗들까지도 그 정원에서 쉬고 그 숲을 지나는 꿈을 꾼다. 꿈을 꿀 수 있어 좋다. 아직은 꿈을 꿀 수 있어 참 좋다. 좋은 날들이다.

129.

서툴게 살 수 있어 좋다. 젊은 날과 달리 치열하게 살지 않을 수 있어 좋다. 그저 별 볼일 없이 갈지자로 비틀거리며 드문드문 엄벙덤벙 살아갈 수 있어 참 좋다.

약속을 많이 만들지 않아도 돼서 좋다. 홀로 머물며 거닐 수 있어 좋다. 길 가다가 아무 곳에서나 퍼질러 앉아 쉬어 갈 수 있어 좋다.

허름한 식당 어느 곳이나 들어가 찌개에 막걸리 한잔 걸칠 수 있어 그지없이 좋다.

모자란 모습 그대로 보아 넘길 수 있어 좋다. 뭔가 거창한 꿈을 품지 않아도 되고 쓰잘머리 없는 거대 담론에 마음 쓰지 않아 얼마나 좋은지 모른다.

별 볼 일 없고, 보잘 것 없이 살 수 있으니 얼마나 좋은가. 제 이익을 위해 남을 이용할 필요도 없고 제 욕심을 위해 자신을 드러낼 필요도 없이 이렇게 서툰 인생 서툴게 살아 갈 수 있으니 얼마나 좋은가 말이다.

게다가 가끔은 이렇게 빈 구석 많은 내 삶을 통해 위로 받는 이들도 있으니 더더욱 말 할 수 없이 감사하고 좋다. 이 것만으로도 분에 넘치는 생이다. 고맙고 감사하다.

130

삶은 그 자체로 완전하지 않습니다
완전하다면 굳이 이 땅에 와서 살아갈 이유가 없습니다

삶은 그 자체로 부족하기 때문에
생을 받아 삶을 살아가는 과정을 통해
조금씩 완전을 향해 나아가는 것입니다

그러니 부족함과 잘못 등에 대해
반성과 성찰은 필요하지만
과하게 자책함으로 자신을 괴롭히는 것은 옳지 않습니다

실패도 성공의 일부이며
좌절도 희망의 한 부분입니다

스스로의 잘못에 대해
좀 더 너그러워지시기 바랍니다
실수할 수도 있고

잘못할 수도 있고
실패할 수도 있고
좌절하고 절망할 수도 있습니다

그 모든 것이
삶의 한 과정이며 완성을 향한 길입니다

중도에서 포기하지 말고
그 길을 잘 걸어가시기 바랍니다

삶이란
부족한 채로
완전한 것이니 말입니다

131.

바라 볼 수 있어 참 좋습니다
그것만으로도
적들조차 용서할 수 있습니다

만져 볼 수 있어 참 좋습니다
그것만으로도
한 때 동료였지만
내 등에, 우리들의 가슴에 칼을 꽂고 떠난
이들을 용서할 수 있습니다

느낄 수 있어 참 좋습니다
그것만으로도
어리석기 그지없는 제 삶과
저 자신을 기꺼이 용서할 수 있습니다

그 곳 그 자리에 있을 수 있어
얼마나 좋은지 모릅니다

바람 불어올 때마다
부둥켜 안기도 하고 겹겹이 베고 눕기도 하여
수런수런 쑥덕쑥덕 히히덕거리며
모두 함께 어우러져 살아갈 수 있으니 말입니다

그날은 그랬습니다
참 좋았습니다

132.

명을 타고난 삶에는 준비되어 있는 것들이 있습니다. 그 중 하나가 사람입니다. 만나기로 예정되어 있는 사람이라고 해야 할까요. 만나기로 되어 있는, 만나야만 하는 사람들입니다. 그 사람들과 함께 살아갈 때에 삶은 풍성해지고 영적으로도 성숙해질 수 있기 때문입니다. 그 사람들을 만나지 못하면 삶이 고달프고 영적으로도 퇴행할 수도 있습니다.

그런 분들을 이미 만나 함께 살아가고 계시겠지요? 아직 만나지 못한 것처럼 느끼시는 분들이 계시다면, 주위를 찬찬히 둘러보시기 바랍니다. 그분들은 분명히 우리 곁에 머물러 계실 것입니다. 그분들도 우리를 만나야 하니 말입니다. 서로를 알아볼 때에만 이 만남은 이뤄집니다. 한 쪽에서만 알아본다면 만나더라도 당연히 오래 이어지지 못합니다.

영혼의 향기, 삶의 정취 같은 것들은 이런 만남을 통해 담보되고 이어집니다. 만나야만 할 사람들을 만난 이들의 삶은 곁에서 보는 것만으로도 알 수 있습니다. 향기가 절로 나기 때문입니다. 가난해도 풍요롭게 살아가는 삶을 볼 수 있기 때문입니다.

서로에게 축복으로 주어진 사람들을 만나시기 바랍니다. 삶의 향기 넘치는 행복한 날들을 살아가시기 바랍니다.

133

좀 더 보잘 것 없기를 기도합니다

부끄러움을 알고
욕심에 빠지지 않고
자랑질에 들뜨지 않고

나댐 없이
뻗댐 없이
겸손히 물러나
고요히 바라보며

흔적 없이 살다가
소멸하면 좋겠습니다

134.

내 삶은
풀 한 포기보다 가치 있을까

풀은 여하한 상황에서도
단 한 마디 불평도 없이 제 삶 살아가며
대지를 지키고
생명을 품어 살리는데

나는
저 풀 한 포기보다
가치 있게 살아가고 있을까

지나온 내 삶을 의미하는 단어들
재건대, 양동, 산동네, 현장, 운동, 민중가요, 교회 등
이런 저런 길들 굽이굽이 건너고 지나며
가치 있는 삶을 살아갈 수 있기를 소망하였는데
지나온 내 인생길은

풀들 사이로 난 산길 만큼이나 의미 있었을까

풀 한 포기
생명의 가르침이
무겁게 다가오는 아침이다

지난 밤 내린 비로
하늘 참 맑다

135.

굳이 한 마디 더 하자면,

무엇을 하든지
'대충'하라는 것입니다

너무 열심히 하면 열심에 빠지기 쉽습니다
열심에 빠지기 쉬운 지나친 열심은
대개의 경우 탐욕이나 집착, 교만과 별반 다르지 않습니다
이런 열심은 오히려 나를 포함하여
모든 생명들의 본성에 해를 끼치기 쉽습니다

만물에는 저마다 본성이 있습니다
사람만 있는 것이 아닙니다
사물들도 모두 저마다의 본성을 지니고 있습니다

돌은 돌대로
나무는 나무대로

풀은 풀대로
바람은 바람대로
저마다 본성이 있습니다

그 본성이 잘 발양되고 발휘되게 돕는 것이
공부요 수행이며
상생의 공동체를 온전히 이루는 길입니다

하지만 지나친 열심은
그 본성이 잘 발양되어 조화로운 공동체가 이뤄지는 것을
힘들게 합니다

그저 살아가는 일도 이러하니
소위 마음공부를 말하고 수행을 하는 사람이라면
더욱 그래야 합니다

대충, 말입니다

136.

살아온 날보다는
살아갈 날이 소중하지 않겠는가
하지만 살아온 날을 소중히 여기지 못한다면
살아갈 날 또한 지킬 수 없네

삶은 흐르는 강물 같고
쏟아지는 은하수와 같은 것
호흡 하나에 의지하여 살아온 생이
강물 같고 은하수와 같았으니
그만하면 성공한 삶이었지 않은가
이만하면 아름답지 않았는가

그대 또한
지나온 삶을 돌아보시게
살아갈 날들이 그 안에 있으니
생은 부질없으나
삶은 아름다운 것

이제 그만 싸우시게

삶이란 싸워 이루는 것이 아니라
함께 눈물 흘리고 함께 기뻐하며
어우러져 살아갈 때에만 풍성해지는 것이니

다른 사람을 변화시키는 것이 아니라
내가 변화될 때 깊어지는 것이니

이제 그만하고
나와 함께 걸어가세

흐르는 강물 위로
쏟아져 내리는 은하수 바라보며
막걸리나 한 잔 하세

밤 깊고 좋으니 말일세

137.

때로 깊은 밤 지나며 눈물 흘립니다
깊어가는 그리움 어쩌지 못한 때문입니다
생명 나누던 벗들에 대한 그리움입니다

아직 어둠 남아 있는 신새벽 골목길 함께 서성이고
쏟아지던 최루탄 속으로 걸어 들어가던 벗들
삶을 미처 다하지 못하더라도
남은 삶의 의미를 채워줄 것으로 믿어 의심치 않았던 벗들
때문입니다

이미 오래 전 그들이 한 때 생명을 다해 사랑하던 민중들
곁을 떠난 벗들입니다
나만 홀로 남겨 두고 떠난 벗들입니다
그들에 대한 그리움 때문입니다

때로 거리를 걸을 때에도 눈물 흘립니다
사무치는 외로움 견디지 못한 때문입니다

기꺼이 생명을 내어 줄 수 있었던 벗들이 모두 떠나고
홀로 남겨진 외로움을 견디지 못한 때문입니다
그들이 내 곁을 떠났듯이
나도 누군가들의 곁을 떠나고
다시 또 남겨지고 남겨진 이들의 사무치는 외로움이
가슴 절절히 저며 오기 때문입니다

때로 일을 하다가도 눈물 흘립니다
그렇게 홀로 남겨져
지나온 우리의 삶이 아무 보람도 없이 부정 당하고
아무런 존재의 의미도 없이 사라져 버릴 것이
두렵기 때문입니다

나는 언제나 사랑하는 이들로 인해 눈물 흘렸습니다
나는 언제나 그들을 지키기 위해
생명을 내어줄 수 있었던 벗들로 인해 눈물 흘렸습니다
나는 언제나 내 삶 전부를 바쳐서라도 지키고 싶었던 가치

들로 인해 눈물 흘렸습니다

이 밤에도 눈물 흘립니다
내가 흘린 눈물들
나로 인해 흘린 눈물들이
품었던 희망들이 아직은 내 안에 남아 있기 때문입니다

그 희망들이 내 마음의 강 깊은 곳에서
소리 없이 흐르고 있기 때문입니다
그 눈물들 마음의 강으로 흐르고 흘러
하나 되어 흐르고 있기 때문입니다

138

누구나 저마다
훌륭하고 또 훌륭하지 않다
온전히 훌륭하기만 한 사람도 없고
온전히 훌륭하지 않기만 한 사람도 없다

완전한 사람은 없다
전적으로 나쁘기만 한 사람도 없다

훌륭한 점을 보고 즐거워하고 격려하면 서로를 살리지만
부족하거나 나쁜 점만 보고 비판 내지는 비난만 하면
서로를 해친다
상대를 가르치려 하고 고치려고 하면 갈등만 깊어질 뿐이다

갈등으로는 아무 것도 변화시킬 수 없다
상처만 더 깊어질 뿐이다

갈등을 일으키는 내가 모난 것이다

상대의 부족한 점을 품어 안지 못하는 내가 부족한 것이다
상대를 가르쳐서 바꾸려고 하는 내가 오만한 것이다

나의 모난 모습을 먼저 부드럽게 하지 못하면
나의 부족한 점을 먼저 깨달아 알고 채우지 못하면
스스로를 돌아보고 나를 먼저 변화시키지 못하면

도모한 것 같으나 시작도 하지 못한 것이고
세운 것 같으나 넘어진 것이고
이룬 것 같으나 실패한 것이고
얻은 것 같으나 잃은 것이다

조화롭게 살아가야 한다

나의 과함과 부족함을 덜어내고 채워주고
더불어 살아가게 하는 유일한 방법이다
조화로움~

나는 나이 들어가는 것이 참 좋다

139.

비 내리고
무진 안개 첩첩하다
빗줄기 굵어진다
갈 길은 아직 먼데
빗소리 참 좋다
기다릴 이들은 기다리고
떠날 이들은 떠나겠지
살아가는 것들은 머무르고
소멸하는 것들은 떠나겠지
남은 길은 길에 맡기고
오늘은 이 길에 머물러야겠다
깊은 숨 들이마시고
천천히 아주 느리게 내쉰다
내는 것 같지 않게
있는 것 같지 않게

140.

이 길 따라 걸어들어가 보시지요
이 길 지나는 동안 마음 기울여 들어 보시지요
마음의 소리 말입니다

그 소리를 들어야 합니다
참으로 마음 깊은 곳에서 울려 나오는 소리를
들어야 합니다

영혼은 갈구하고
마음은 저리고 시리도록 아파하며
내게 호소하고 있는 그 마음의 소리 말입니다

그 소리를 들어야 합니다
참으로 우리가 행복하기 원한다면
참으로 우리가 사랑하는 사람들이 행복한 삶을 살아갈 수
있기를 소망한다면
참으로 우리 사회가 한 사람 한 사람을 소중히 여기는

사회가 되기 원하면
우리부터 먼저 우리 자신을 소중히 여겨야 합니다
헌신이라는 이름으로 자신을 가볍게 내어주지
않아야 합니다
신념이라는 이름으로 자신을 가볍게 내맡기지
않아야 합니다

자신을 함부로 내치지 않아야 합니다
자신으로부터 말입니다

우리 한 사람 한 사람은 저마다
행복의 시작이며 끝입니다

우리가 행복해야 모두가 행복할 수 있습니다
우리가 구원 받아야 모두가 구원 받을 수 있습니다
우리의 삶이 우선 대접 받고 정의로워야
모든 이들의 삶이 대접 받을 수 있고 정의로울 수 있습니다

우리 자신이 모든 일의 시작이며 끝입니다
그러니 무엇보다 먼저 마음의 소리를 듣고
그 소리에 충실할 수 있어야 합니다
모두가 구원 받을 수 있도록 말입니다

그러니 이 산길 따라 걸어 보시지요

산길 걸어도
산길 따라 걷지 않고
마음길 따라 걸으면
길 저 편 산줄기 저 너머에서
서성이며 기다리고 있는 또 다른 나를 만날 수 있습니다
그 소리를 들을 수 있습니다

기다리고 있을 것입니다
한 번 걸어 보시기 바랍니다

141.

사랑하는 이와 멀리 떨어져
외로움을 느낄 때면

그제야 비로소
외로움에서 벗어날 수 있습니다

보고픈 이와 멀리 떨어져
그리움에 젖을 때면

그제야 비로소
그리움에서 자유로울 수 있습니다

외롭고 그래서 그리우면
그제서야 외롭지 않고 그립지 않을 수 있습니다

외로움과 벗할 수 있습니다
그리움과 동행할 수 있습니다

홀로

그 외롭고 그리움 사무친 길을

거뭇거뭇 산그림자 벗삼아 걸어갈 수 있습니다

142.

의미 좀 없으면 어떤가

꼭 인생이 대단하게 의미를 지닌 삶이어야 하는가

그저 살아가는 것만으로도

충분한 의미가 있는 것이 인생인데 말이야

너무 열심히 살지 마시게

그냥 살아가면 되네

자신만의 삶도 잘 챙기고

가족들과의 삶도 잘 챙기며

삶의 자리에 어울리게 살아가면 되네

굳이 애써 노력해서 어떤 삶을 살아가려 하지 않아도 되네

그럴 필요도 없고 그럴 이유도 없네

우리 자신의 삶의 자리에 맞게 살아가면 되는 것이네

한 주에 한 번 영화도 보고

한 달에 한두 번은 콘서트도 가고
한 달에 두세 번은 좋은 식당에서 가족들과 외식도 하면서
말이네

옳은 일이라고
할 수 없는 것을 억지로 할 필요 없네
그저 자네의 삶 안에서 할 수 있는 것을 하면 되네

그러니 무엇을 하든지
힘에 지나지 않게 하시게
힘에 지나지 않게

143

젊은 날,
역사와 민중을 말하고
혁명을 꿈꾸던 날들에는
걸어서도 안 되고
걸어 볼 생각도 못하던
이 길들 걸어보니 참 좋구나

맑은 가을 하늘
마음을 씻어 주는 시원한 바람에
미처 자라지 못한 억새들 성글어 가고
길은 참 꿈꾸는 듯 푸르구나

좋은 이들과 함께 걸으면 참 좋겠구나
사랑하는 이와 함께 걸으면 참 설레겠구나
손 잡고 마음 나누며 걸으면 그만이겠구나
바람 불고 억새 흔들리면 그만이겠구나
마음 설레 발걸음 흔들리면 그만이겠구나

고단한 삶
가야할 길 멀고 해야 할 일들 많아
마음에 쌓이는 상념들은
하늘 저 편 보이지 않는 잔별들처럼 많으니

언제나 다시 이 길 걸을 수 있으려나
내 사랑하는 이와 걸을 수 있으려나

살아갈 날들의 끝은 저만치 보이는 듯한데
남겨둔 일들은 이리도 많고
앞서 기다리는 이들 또한 저리도 많으니
만나지도 못한 사람
눈에 밟혀 발걸음이 떨어지지 않는구나

참 좋다
가을 하늘 참 좋구나
억새 길 차분하니 참 좋구나

자박자박 걷는 소리 들리고
선선한 바람 따라 체취 느껴지니 참 좋구나

그리워할 수 있으니
참 좋다

144.

우리 모두는 저마다 다릅니다
다르기 때문에 평등한 것입니다
너와 내가, 우리가 살아온 삶과 경로가 다른데
서로 똑같다면 그것이야말로 평등이 아닙니다
불평등입니다

우리는 저마다
다르기 때문에 귀한 것입니다
다르기 때문에 마땅히 존중받아야 합니다
다르기 때문에 서로를 살릴 수 있는 것입니다
다르기 때문에 서로를 사랑하는 것입니다
다르기 때문에 사람입니다

다르기 때문에 생명입니다

모든 생명들은 저마다 다릅니다
꽃들도 나무도 저마다 다릅니다

동백과 목련, 국화와 진달래는
저마다 다르고 다른 계절에 꽃을 피웁니다

모든 꽃들이 똑같이 생기고
성장속도가 같아 한 계절에
피고 진다면 어찌되겠습니까?

어떻게 당신과 내가, 우리가 같을 수 있습니까?
어떻게 당신의 생각을 다른 사람에게 강요할 수 있습니까?
어떻게 다른 사람이 같은 생각을 하고 같은 행동을 할 수
있습니까?
어떻게 나와 다른 생각을 한다고 비난하고 비아냥거릴 수
있습니까?

나와 다른 모습 그대로 존중하는 것이 상생입니다

나와 다른 모습 그대로를 존중하지 못하는 사람은

아무리 입으로 그럴 듯하게 상생의 삶을 설파해도
상생의 삶을 이룰 수 없습니다
상생의 삶을 살 수 없습니다
우리는 모두 다릅니다
다르기 때문에 사람입니다

보이지 않는
숲의 저 편처럼
달의 이면처럼

삶은 알 수 없고
사람은 그 너머 어딘가쯤을
지나고 있습니다

145

아는 것이라고 다 말하지 않는 것,

옳은 이야기라도 다 주장하지 않는 것,

할 수 있는 것이라고 다 하지 않는 것,

가질 수 있는 것이라고 다 가지지 않는 것,

물러설 수 있는 것보다 반걸음 더 물러서는 것,

비울 수 있는 것보다 한걸음 더 비우는 것,

이런 정도가 지키며 살아가려는 마음가짐이다. 당연히 잘하지 못한다. 하지만, 그러려고 마음을 쓰며 지내다 보니어느 정도는 할 수 있었고, 가끔은 잘 할 때도 있었다. 그것으로 충분하다.

나는 우리 삶의 구원이 조화에 있다고 생각한다. 조화가나 개인의 삶은 물론 우리 사회의 수많은 문제들로 인해고통 받고 있는 수많은 사람들을 구원해 줄 것이라고 믿는다. 조화가 모든 문제의 해결책일 수는 없다. 하지만 해결책의 바탕이 되는 정신이자 삶의 태도일 것이다. 모나고 부족한 사람이라고 소외되면 그 집단, 그 사회가 어찌 되겠는가. 모나거나 부족하니 넉넉하게 품어줄 수 있는 사람이 필요한 것 아닌가. 부족하면 부족한대로, 넉넉하면 넉넉한대로 어우러져 살아가는 삶이 되기 바란다.

•

새벽부터 눈이 좀 내렸다. 그치려나 했더니, 시간 갈수록 펑펑 더 쏟아진다. 더 많이 쏟아진다. 기온도 낮아 노로가 얼고 있다. 강풍에 숲의 나무들이 수십, 수백 년 웅크리고 있던 삶의 자리를 털고 길 떠나려는지, '우르릉~' '우지끈~' 소리 요란하다. 길고양이들 밥 주러 나간 잠시에도 두툼한 장갑을 낀 손이 시려온다. 춥다. 지난주에는 반팔 티셔츠를 입고 다녔는데, 이렇게 추워지다니. 따뜻한 봄과 혹한의 겨울을 넘나드는 날들이다. 섬하고도 산 중의 날씨는 우리 삶을 닮았다. 도저히 예측할 수 없으니 말이다.

146

나는 살아가는 것만으로도 벅찬 사람이다. 지금도 겨우겨우 내 삶만 살아갈 뿐이다. 할 수 있는 일에, 해야 하는 일에 성의를 다하고, 만나는 사람들에게 성의를 다할 뿐이다. 알지 못하는 사람이라도 자신의 삶을 살아가는 이들을 존중하며 어우러져 살아갈 뿐이다. 그게 내가 할 수 있는 일의 전부이다. 내 삶이다.

삶을 다하면, 모든 것이 온 곳으로 돌아간다. 몸은 흙으로 돌아가 나무가 되고 풀이 된다. 영혼도 온 곳으로 돌아간다. 삶을 다하는 것일 뿐, 생은 여전히 그렇게 이어질 것이다. 죽음은 새로운 삶을 위한 리셋일 뿐이다. 비 오고 가는 것과 다를 바 없다. 삶과 죽음 또한 별반 다를 바 없다. 생의 일부이고 과정일 뿐이다.

그러한 생에, 두 손 모은다.

147.

삶이란 참으로 알 수 없다. 이리저리 살겠다고 차근차근 계획을 세운다고 계획대로 살아지는 것이 아니다. 젊은 날 내가 살아가는 모습을 보고 누군가 말했던 '미친 삶'이 언젠가 내 삶에서 사라질 것이라는 것은 젊은 날의 나는 정말 상상도 하지 못했다. 나는 생을 다하는 순간까지 그렇게 '미친 듯한, 혹은 미친 삶'을 살아갈 것이라고 생각했다. 그런 삶을 자연스럽게 받아들였다. 그러니 낮이고 밤이고 모임과 모임을 이어가며 살아왔던 것이다.

그렇게 살아왔던 삶이 세월을 따라 이런 굽이를 건너고 저런 고비를 지나며 흐르고 흘러 이 섬에 들어와 살게 될 줄을 어찌 알았겠는가. 게다가 섬에 들어서는 이전과는 다른 삶을 살아가게 될 것이라는 것 또한 생각해 볼 수도 없었던 일이다.

세워 놓은 목표에 닿기 위해 최선을 다해야 하는 삶, 보다 더 많은 것을 이루기 위해 열심을 내야 하는 삶을 살아가지 않아도 된다는 것 또한 생각해 보지 못한 일이다. 하지만, 섬에서의 삶은 그렇게 살아가기로 했다. 숨결 하나, 나뭇잎 하나, 먼지 한 알갱이에 이르기까지 그저 어우러져 살아가는 삶이다. 나댐 없이, 드러남 없이, 흔적 없이 그렇게.

그냥저냥 대충대충 드문드문 서툴게 살기로 했다.

그 삶을 서귀포시 중문 색달동에 있던 작은 원룸에서 시작했다. 2014년 1월에 부지런히 섬을 다니며 방을 찾았다. 2월 7일에 계약을 했다. 창 아래로 귤밭도 보이고 멀리 바다도 보였다. 계약한 날부터 이 방을 오가며 살기 시작했다. 2월 13일에 간단한 짐을 가지고 들어왔다. 섬에서 이십일 정도를 보내고 서울 신도림집에서 열흘 정도로 보내며 한동안 지냈다.

이 섬에 몸을 의지한 채 살아온 지 벌써 만 7년이 지났다. 그 세월 만큼 나이도 더 들었다. 그 세월 만큼 삶도 흘렀다.

하지만 여전히 알 수 없는 것 투성이다.

하여 그저 '알 수 없는 채'로 살기로 했다. 굳이 '알려고 하지 않는 삶'을 살아가는 중이다. 무엇인가 알아서 무엇하겠는가. 안다고 아는 것대로 되는 것도 아니고, 안다고 다 알고 있는 것도 아니지 않은가. 그저 순간순간 내 삶에, 내가 머무는 공간에 함께 하고 있는 모든 존재들에게 성의를 다하며, 함께 어우러져 살아갈 뿐이다.

이 섬에서의 삶이 얼마나 계속될지 알 수 없으나, 분명한 것은 이 섬은 내게 구원이 되었다. 나는 이 섬의 자연으로부터 상상할 수도 없는 큰 선물을 받았다. 고맙고 감사한 마음 그지없다. 다함없이 애정한다.

148

하고 싶은 말들을 가슴에 묻어둔 채, 물러설 수 있는 곳보
다 조금 더 물러서 산이 머물러 있다. 할 수 있는 것보다 조
금 덜 한 채, 내어줄 수 있는 것보다 조금 더 내어준 채 산
이 머물러 있다. 눈 덮인 한라산에 구름 드리워 있다. 걸음
멈추고, 새소리도 들리지 않고, 바람조차 고요한, 아침을
지나며 물러서 있는 산을 바라본다. 적멸을 닮은 시간이
'우웅~'소리를 내는 듯하다.

말하지 않은 말들을 품은 채 물러서 있는 산의 소리가 들
리는 듯하다. 물러설 수 있는 곳보다 조금 더 물러서 있는
산의 걸음이 느껴지는 듯하다. 내어줄 수 있는 것보다 조
금 더 내어준 산의 품이 다가서는 듯하다. 할 수 있는 것보
다 조금 덜 한 채 물러서 있는 산의 몸짓이 보이는 듯하다.

적멸의 시간을 담은 계곡의 못은 고요하여 바위같다. 바람
지나는데 잔물결조차 일지 않는다. 잔가지들만 흔들릴 뿐
이다. 흔들림 없는 단단한 시간들이 못에 가득하다.

149.

나는 사람은 누구나 자신이 살아가고 있는 시대라는 공간 속에서 저마다의 역할이 있다고 생각한다. 그 역할이 끝나면 물러나는 것이 옳은 일이라고 생각한다. 나는 70년대, 80년대, 좋게 봐주면 90년대까지, 좀 더 너그럽게 봐주면 2010년 정도까지는 나름 내 역할이 있었고, 그 역할에 충실했다고 생각한다.

성공이냐 실패냐, 잘했느냐 못했느냐는 중요한 것이 아니다. 내가, 우리가, 그렇게, 살았다, 는 사실 자체가 중요하다. 나름 최선을 다해서 살았고, 그 결과 시대라는 공간에서의 역할을 조금이라도 감당할 수 있었다면 그것으로 된 것이다.

나는 자신의 역할이 끝나면 물러나야 한다고 생각한다. 다음의 일들을 맡은 사람들이 혹시 물어오면 의견 정도는 말할 수 있지만, 내가 계속 그 일을 해야 한다고 생각하지 않는다. 내가 못다한 일들은 내 일이 아니라고 생각하고 다음 사람들에게 맡긴다. 아쉽다고 내가 다 해결해야 한다고 미련을 남기지 않는다. 정치인이나 관료들에 대해서 말하는 것이 아니다. 우리 자신에 대해 말하고 있는 것이다. 삶에 대한 우리의 태도에 대해 말하는 것이다.

나이 들었어도 저마다의 역할이 있을 수 있다. 지금의 내 역할은 물러나 조용히 살아가는 것이라고 생각한다. 자신의 시대가 지난 사람들은 이제 물러났으면 좋겠다. 마음에서부터 물러나고, 욕심에서 물러났으면 좋겠다.

살아가는 모습을 보여주는 것만으로도 좋은 역할일 수 있다.

150.

누군가를 비판하고 미워하기보다 누군가를 더 많이 위로하며 사랑할 수 있기 바랍니다. 옳고 그름을 주장하며 누군가와 싸우고 적대하기보다 행복한 삶을 위해 누군가와 어떻게 하면 함께 잘 살아갈 수 있는지 마음 쓸 수 있기 바랍니다. 나 자신을 지치고 힘들게 하는 일보다는 즐겁고 기쁘게 할 수 있기 바랍니다.

그런 날들이 되면 참 좋겠습니다. 곁을 나누며 함께 살아가는 이들이 함께 즐겁고 행복할 수 있도록 말입니다. 물러설 수 있는 것 보다 조금 더 물러서고, 가질 수 있는 것 보다 조금 덜 가지고, 할 수 있는 일보다 조금 덜 하면 그런 날들을 만들어갈 수 있지 않을까, 하는 마음을 품어 봅니다.

151.

나는 나이 들어가는 것이 좋다

찾아주는 사람들이 줄어들어도 초조하지 않을 수 있어 좋고
이것저것 깜박 잊어 해야 할 일을 하지 못해도 크게 문제
될 것이 없어서 좋다

여기저기 아픈 곳이 늘어나는 것도
조금씩 몸과 화해하며 조화롭게 살아갈 수 있게 되어 좋고

때로 외롭고 쓸쓸한 것도
분주했던 젊은 날을 돌아보고
생의 남은 날들을 바라볼 수 있어 좋다

생에서 처음 맞이하는 시간들을
젊은 날처럼 열정만으로 서투르게 마주하지 않을 수 있어
좋고
생을 마감하게 될 날도

평온하게 만날 수 있을 것 같아 좋다

이 모든 것보다
더욱 좋은 것이 있다

지금 만나는 시간들과 삶의 순간순간들이
모두 처음이라는 것을, 처음이자 마지막이라는 것을
매 순간 느끼게 된 것이다

지금 맞이하는
첫 가을, 첫 저녁, 첫 밤, 첫 사람, 첫 사랑, 첫 인연 등
맞고 보내는 모든 것, 모든 순간들이
다 처음이고 마지막이다

그 시간들과 순간들을 맞이하는 것이
내 삶에서 처음이자 마지막이라는 것을 알고 나니
마치 유년 시절처럼 설레고 들뜬다

그런 시간, 그런 순간들을
오늘도 맞으며 보내고 있다
시간과 벗하고
세월을 바람삼아
생을 지나고 있다

나이 들어가는 것이
나는 참 좋다

152.

내가 평생을 지켜온 가르침들은 대부분 유년시절, 청년 시절로부터 왔다. 세 장면이 생각난다.

첫 번째는 초등학생 때였다. 산호 선생의 무협만화《일심도》를 통해 얻은 가르침이다. 복수를 위해 무공을 연마하고 내려온 주인공은 적들을 만날 때마다 싸우지 않고 이겼다. 주인공은 상대의 눈을 바라보고 있다가 상대가 공격하느라 움직이면, 거의 동시에 달려드는 만큼 뒤로 물러났다. 깊은 내공과 놀라운 경공술이 있어야만 가능한 경지였다. 적은 아무리 다가서도 그 거리를 좁히지 못함을 깨닫고, 싸우기도 전에, 주인공의 무공이 자신보다 훨씬 높음을 깨닫고 패배를 인정하고 무릎을 꿇었다.

이 장면을 보며, '물러서는 것이 이기는 것'이라는 것을 처음으로 깨달았다. 그날 그 순간 이후부터 노년의 초입에 들어선 지금까지 지키고 있다. 다만, 나이 들어 달라진 것이 있다면, 일심도의 주인공이 만났던 적수들보다 나의 상대들은 대체로 수준이 낮아 자신이 패배했음을 깨닫지 못하는 경우가 적지 않기 때문에, 상황에 따라 가끔은 적당한 액션을 취하기도 하고, 가벼운 공격을 해야만 했다는 것이다.

두 번째는 고등학교 졸업 후에 떠난 여행이었다. 최소한의 교통비는 가지고 있었지만 먹거나 잘 돈은 없는, 무전여행에 가까운 여행이었다. 9박10일 일정이었다. 5박 6일 정도 되었을 때 8,000원 중 4,500원이 남아 있었다. 거의 얻어먹고 굶으며 절약한 것이다. 그날 아침 해운대에 갔다가 야바위에 걸려 굶으며 아껴두었던 돈을 다 털렸다. 언제나 그렇듯이, 처음에는 땄다. 욕심이 생겼다. '돈을 더 따서 여행을 더 다니자'는 생각에 마음을 빼앗겼다. 그러다가 있던 돈까지 거의 다 잃었다. 500원 남았다. 그런데, 여기서부터가 정말 문제였다. 마지막 남은 500원을 걸고 하면 잃은 돈은 물론 돈을 더 딸 수 있을 것만 같았다. 틀림없이 그렇게 될 것 같았다. 확신이 점점 강해졌다. 하지만, 하지 않았다. 거기서 멈췄다. 잃은 것은 깨끗이 포기하고 남은 여행도 포기했다. 500원으로 밥을 사먹었다.

이 일을 통해 욕심에서 벗어나는 것을 배웠다. 잘못 들어선 길은 얼른 되돌아 나와야 한다는 것을 깨닫게 되었다. 때로는 포기가 빨라야 애초의 목표를 이룰 수 있다는 것을 알게 되었다. 욕심내지 않는 것, 욕심 날 때 스스로를 다스리고 고요히 마음을 가라앉혀야 한다는 것을 알게 되었다. 이때의 가르침이 살아오는 내내 나를 지켜주었다고 해도 과언이 아니다.

세 번째는 원풍모방 노조 관련 재판이었는지, 콘트롤데이타 노조 관련 재판이었는지 잘 기억나지 않지만, 재판을 처음 참관한 날이었다. 이십대 중반, 중후반 정도의 시절이었을 것이다. 검사가 어이없을 정도로 어찌나 엉터리로 법 적용을 하며 독하게 말을 하던지 정말 사람 같아 보이지 않았다. '검사란 정말 할 것이 못되는구나'라는 생각을 하며 지켜보았다. 잠시 후 변호사가 나와 변론을 하는데 어쩌면 그렇게 사람이 좋아 보이는지, 잘 생긴 사람이 아니었는데도 너무나 잘생기고 멋져 보였다.

헌데, 재판이 끝나고 나오는데, 함께 재판을 참관했던 벗이 말했다.

"저 변호사가 2년 전까지만 해도 검사였다고 하더라."

그는 별 생각 없이 말했지만, 이 말은 내 삶 전체를 지탱하는 가르침이 되었다. 그 말을 통해 나는 '사람은 자리에 따라 달라진다'는 것을 깨닫게 되었다. 나 자신도 검사였다면 오늘 재판에서 본 그 검사와 별반 다를 바 없었을 것이라는 것을 깨닫게 된 것이다. 이 깨달음은 평생의 가르침이 되었다.

'나 자신을 지킬 수 없는 자리에는 나아가지 말자.'
'나와 어울리지 않는, 옳지 않은 자리에는 들지 말자.'

이 가르침은 지금까지도 마음에 새겨 지키고 있다.

누구나 지나온 삶 속에서 평생의 가르침을 얻은, 잊을 수 없는 장면이 있다. 때로 그런 장면이 생각날 때면 내 삶에 감사하게 된다. 그런 장면이 없었다면 내 삶이 어찌되었을까, 생각해 보게 된다. 분에 넘치도록 많은 분들에게 가르침을 입었다. 은총 깃든 삶이었다. 이 자리를 빌어 내 삶의 한 순간들을 함께 지나며 그 순간들을 만들었던 모든 이들에게 고마운 마음을 전한다. 감사하기 그지없다.

153

언젠가도 말했던 것 같은데, 나는 평생 지고, 실패만 했다. 어떤 일에서든 사회에서 말하는 성공적인 결과를 얻어낸 적이 없다. 늘 실패하고 패배했다. 늘 졌다. 지고 또 지고, 지고 또 지고. 너무 지다 보니 마치 지기 위해 무엇인가를 하는 것 같은 생각이 들 정도였다.

그런데, 계속 지고 실패하다 보니 그 안에서도 나름 지혜가 생겼다. 질 때도 잘 져야 한다는 것을 배우게 되었다. 질 때 지더라도 잘 지는 것은 매우 중요하다. 잘 지면 충격도 덜 입고, 다시 시작할 수 있는 힘을 빼앗기지 않으며, 다시 시작할 때 사람들의 도움을 받을 수 있다. 계속 실패하면서도 자존감을 잃어버리지 않을 수 있다. 왜 내가 그 일을 시작했고, 그 일을 계속해서 하고 있는지 잊지 않고, 결과와 상관없이 성의를 다하다 보면 그 결과와 상관없이 자존감을 지킬 수 있었다. 그 뿐이 아니다. 그렇게 계속 지다 보니, 잘 지다 보니, 져보지 않고는 알 수 없는 많은 것들을 깨닫게 되기도 하였다.

이런 과정은 나를 변화시켰다.

내 생각, 내 판단을 앞세워 다른 사람들을 잘못했느니, 어 쨌느니 하며 평가하고 규정하는 짓을 하지 않게 되었다. 더 나아가 내 신념이나 사상적 성향을 바탕으로 나와 다른 신념이나 사상적 성향을 지닌 사람들을 비판하고 비난하 고 비아냥거리는 짓을 하지 않게 되었다. 누군가 잘못했으 니 고통을 받고 고난을 받는 것이 당연하다는 생각도 하지 않게 되었다.

매일 지기만 하고, 실패만 해왔던 사람이 어떻게 다른 사 람들의 잘잘못을 규정하고, 판단할 것인가. 비판하고, 비난 하고, 비아냥거릴 것인가. 저 사람은 잘못했으니 고통을 당 해도 할 수 없다, 고 말할 수 있겠는가. 나는 그런 말을 할 자격도, 실력도, 능력도 없는 사람이다. 그런 말을 할 자격 도, 실력도, 능력도 갖추지 못했으니, 그저 상대의 이야기 를 성의를 다해 들어주는 일 외에는 할 수 있는 것이 없었다. 그러다 보니 나름 성공적이라고 판단할 수 있는 일도 하나 생겼다. 누군가의 이야기를 성의 있게 들어주는 것을 잘하게 되었다. 내게 자신의 이야기를 한 사람들의 대부분은 자신의 문제를 해결하고 훌륭하게 자신의 삶을 이어갔다. 나는 여전히 지고, 실패하는 삶을 살아갔고.

그게 내 삶의 모습이다. 나는 지금도 여전히 겨우겨우 내 삶만 살아갈 뿐이다. 내가 할 수 있는 일만 성의를 다해 하고, 내가 만나는 사람들에게 가능하면 성의를 다하고, 모르는 사람이라도 자신의 삶을 살아가는 이들을 존중하며 살아갈 뿐이다. 그게 내가 할 수 있는 일의 전부이다.

154.

나는 나 혼자 살아가는 것만으로도 벅찬 사람이다. 하여, 다른 사람을 가르치거나 비판 내지는 비난할 생각은 하지 않는다. 아니, 하지 못한다. 그럴 능력이 안된다. 사람은 저 마다 생긴대로 사는 것이다. 나 역시 나대로 산다.

나도 내가 지향하는 가치가 있고 내가 원하는 사회의 모습 이 있다. 그런 사회를 만들어 나가기 위해 한 걸음 한 걸음 나아간다.

지난 과정에서 상처를 받았다고 상처에 머물러 있지도 않 았고, 실패했다고 그 자리에 멈추어 있지도 않았다. 내가 상처에 머물러 있고, 실패한 그 자리에서 멈춰 있기를 바 라는 이들이 있을테니 더욱 머물거나 멈추지 않는다.

뿐만 아니라 그런 사회를 만들지 못한다고 다른 누구를 비 판하거나 비난하지도 않는다. 내가 할 수 있는 일을 할 뿐 이다. 나는 현실적인 사람이다. 내가 지향하는 가치를 구현

하는데 도움이 된다면, 내가 원하는 사회를 세우는 데 협력하고 연대할 수 있다면 그 누구하고도 손을 잡을 수 있다. 지지하고 연대할 수 있다. 먼 미래의 일이 아니라 지금 당장 할 수 있는 한 가지, 두 가지를 해결하고, 또 해결하기 위해 디딤돌을 놓으려고 한다.

하지만, 사회의 변화를 위해 한 걸음 한 걸음 애써 나아가고 있는 사람들의 노력을 바라보지 않고, 아직 이루지 못한 것들만 들춰내며 비판하고, 비난하고, 비아냥거리는 이들이 있다. 자신의 생각과 다른 것을 받아들이지 못하고, 용인하지 못하고, 그런 사람들을 받아들이지 못하는 사람들이다. 자신이 중요하다고 생각하는 의제를 사람들이 받아들이지 않으면, 왜 받아들여지지 않는가를 생각하지 않고, 자신의 생각에 부족함이 없는지 돌아볼 생각은 하지 않고, 받아들이지 않는다고 비판하고 비난부터 하는 사람들이다.

나도 그들을 비판할 수 있다. 하지만, 하지 않는다. 그것은 정말 소모적인 일이다. 조금의 가치도 없는 쓸모없는 짓이다. 젊은 날 수도 없이 해보지 않았던가. 사람들은 누구나 잘 변하지 않는다. 그들은 그들의 방식대로 살아가면 된다. 그들은 그들의 방식대로 그들의 삶을 살아가면 되고, 나는 내 방식대로 내 삶을 살아갈 뿐이다.

155

나는 노인이 되어가는 중이다. 여기저기 아픈 곳이 많아진
다. 물론, 아프지 않으면 좋겠지만, 나이 들어가니 아픈 곳
이 생기는 것은 어쩔 수 없는 일이다. 하지만, 아픈 곳이 생
기는 것이 나쁘지만은 않다. 그런 통증들을 두루 살피며
'제법 살았구나', '너도 이제 쉴 때가 되었구나'하는 그럴
듯한 생각이 든다. 주억주억 아무리 걸어도 끝날 것 같지
않던 길의 끝이 보이는 나이에 다다른 것이 한편 대견하기
도 하고 말이다.

그런 것만 좋은 것이 아니다. 무엇인가 더 이루고 싶어 안
달하지 않게 되어 좋다. 뭔가 이루려고, 누군가들을 변화
시키려고 달리고 애쓰지 않을 수 있어 참 좋다. 때로 아플
때 아픈 몸 뒤척이며 홀로 밤을 보내는 것도 생각보다 정
말 괜찮다. 때로 지난 세월 돌아보며 평펑 눈물 흘리는 것
도 좋다. 그렇게 울고 나면 그 흥취가 정말 그만이다. 그것
은 슬픔이 아니라 즐거움이다. 다소 외롭게 느껴지는 날이
면 더욱 그 즐거움이 배가 된다.

노인이 되어 가는데 아프지 않을 수는 없다. 하지만, 앞서 말했듯이 아픈 것이 꼭 서럽고 나쁜 것만은 아니다. 아픈 다리로 걷는 것도, 시린 가슴으로 빈 바다를 바라보는 것도, 때로 뚝뚝 눈물 흘리며 밥을 먹는 것도 좋다. 살아왔고, 살아가고 있다는 것을 느낄 수 있어 좋다. 다시 사랑할 수 없어도 괜찮다.

'다시는 사랑할 수 없으면 어떠랴. 까짓, 사랑. 사랑이 뭐 별건가. 홀로 사랑하며 살아가면 되지.'

이런 생각도 하며 혼자 싱글싱글 웃는 맛도 아주 그만이다. 그렇게 웃으며 하늘 내려앉은 중산간의 오롯한 길들을 걷고, 바람 가득한 숲을 지나며, 새들 내려앉은 빈 가지를 스칠 수 있어 참 좋다.

사는 것이 뭐 별건가. 쓸쓸하기도 하고, 아프기도 하고, 눈물 흘리는 밤도 있어야 재미도 있고, 즐거움도 있고, 기쁨도 있는거지. 그런 것이 삶이지.

홀로 먼 길을 돌고 돌아 낯선 섬에 머물러 노년의 초입을 지나고 있는 것도 참 좋다. 잃어버린다는 것은 언제나 새로움을 입는 것이다. 지나온 시간들, 잃어버린 것들이 있어 이렇게 살아 있고, 살아가고 있는 것이다. 고마운 일이다. 나이 들지 않았다면 이런 것들을 알지 못했을 테니, 나이 드는 것이 어찌 좋지 않겠는가 말이다. 고맙고 감사한 일이다. 그래서 하는 말이다.

나는 나이 들어가는 것이 참 좋다.

156

나는 살아오면서 미안한 것이 많은 사람이다. 젊은 날부터 열심히 한다고 밤낮 가리지 않고 나름 애썼는데 조금 더 좋은 세상을 만들지 못해 지금 이 시대를 지나는 여러 사람들에게 참으로 미안하다. 소위 사회적 성공을 하지 못해 권력도, 돈도 없고, 사회적 영향력도 없어 젊은 시절 내내 고생만 한 후배들을 제대로 돕지 못해 이루 말할 수 없이 미안하다. 시대를 함께 건넜던 모든 이들에게도 미안한 마음 그지없다. 물론, 나 자신에게도 미안하다. 뭘 신통하게 잘한 것도 없으면서, 무엇인가 하겠다고 내 삶에 성의를 다하지 못했으니 그 또한 미안하다.

나는 그 미안함으로 인해 살아가고 있다. 그 미안함으로 인해 내가 무엇인가 했다고 착각하지 않을 수 있었고, 그래서 교만하지 않을 수 있었다. 그 미안함으로 인해 늘 나 자신을 돌아볼 수 있었다. 나와 함께 했던 이들에게, 내가 사랑했던 이들에게 무엇을 해줄 수는 없어도, 더 부끄럽고 더 미안해하지 않을 수 있도록 늘 마음 쓰며 살 수 있었다.

그래서 그 미안함으로 인해 위태로운 삶을 잘 건너올 수 있었다. 그래서 더 미안하고 더 고마웠다.

지나왔던 모든 벗들에게 미안함과 고마운 마음을 전한다. 마음 다하여.

157.

얼마 전에 많은 노인들이 불면증과 변비에 시달리며 고통 받는다는 말을 들었습니다. '노인이 되면 잠이 적어진다'는 말은 자주 들었던 말이니 자연스럽게 받아들였는데 변비 이야기에는 '그런가?' 하다가, 텔레비전 변비약 광고에 원로 배우라 할 수 있는 신구 선생과 김영옥 선생이 모델로 나오는 것을 생각해 내고는, '그런 모양이구나'로 이내 바뀌었습니다.

저는 아직은 건강한 탓인지 불면증도 없고 변비도 없어서 전혀 의식하지 못했던 몸의 변화들입니다. 너무나 당연한 이야기지만, 건강한 동안은 병이 의식되지 않습니다. 할 수도 없습니다. 병을 의식하게 되면 이미 병이 걸려 있을 때입니다. 이미 병이 상당히 진척되어 통증이 느껴지고 몸에 그 징후들이 드러나기 시작한 것입니다.

누구나 건강하기를 원하지만, 나이 들어가는데 몸이 아프지 않을 수는 없습니다. 저도 근력운동과 걷기 운동 등을 통해 꾸준히 몸 관리를 하고 있습니다만, 이런저런 사소하지만 사소하지 않은 질병들이 몸에 나타나고 있습니다. 작년인가 재작년인가는 처음으로 대상포진도 앓았고, 퇴행성관절염은 손가락을 옮겨 다니며 나타나고 있습니다. 요즘은 증상이 왼손 엄지로 옮겨와 기타 지판을 잡기 힘들 정도로 통증을 느낍니다. 이러다가 또 통증이 사라지고 다른 손가락에 나타나기를 반복할 것입니다. 먹는 약도 하나, 둘 늘어나고 많아집니다.

나이 들어가며 나타나는 이런저런 병의 증상들, 몸의 변화들 중 가장 사람을 힘들게 하고 늙게 하는 것은 '불안'인 듯합니다. 이전과는 다른 어떤 몸의 징후, 증상을 발견했을 때 드는 느낌들 말입니다. 바람결에 들었던 이런 저런 큰 병들의 증상이 아닌가, 하는 불안 말입니다. 저처럼 혼자 지내는 사람들은 더욱 그런 불안감이 커서 우울증에 빠져들기도 하는 것 같습니다. '죽을 병에 걸린 것이 아닌가?', '이러다가 아무도 모른 채 홀로 그냥 가는 것이 아닌가?'하는 생각들에 사로잡히는 것 같습니다.

사실, 저는 지나치게 낙관적이고 긍정적인 사람입니다. 어떤 극단적인 어려움에 처해도 낙담하거나 절망하지 않습니다. 아무리 어려운 상황이라고 하더라도, 지금 상황이 그래도 좋은 상황이라고 늘 생각하며 그 상황을 넘어서거나 견뎌내곤 하였습니다. 그러니, 힘들기는 했어도 우울증 같은 것은 전혀 모릅니다. 물론, 이것은 제 경우입니다. 다른 분들은 또 다를 것입니다.

우울증을 호소하시는 분들도 적지 않은 듯합니다. 이런 저런 심적 고통을 호소하시는 분들이 많습니다. 운동하는 것도 도움이 되고, 친구들을 만나는 것도 물론 도움이 되지만, 사실 그 순간뿐입니다. 근본적인 해결책이 아닙니다.

근본적인 해결책이라고 말은 쉽게 하지만, 근본적인 해결책은 나이 들지 않고, 늙지 않는 것이니 불가능한 이야기입니다. 그저 견디고, 받아들이는 것 외에 다른 방법은 없습니다. 그저 그 상황들을 조금 더 가볍게, 조금 덜 불안해하며 받아들이게 되기를 바랄 뿐입니다.

저는 조금 더 즐겁게 지내려고 마음 쓰고 있습니다. 최소한의 생존을 위한 일을 제외하고는 가능하면 일을 하지 않으려 하고 있습니다. 때로 찾아드는 쓸쓸함과 외로움 등이 없었던 것은 아니었지만, 쓸쓸함이나 외로움과 벗한 후로는 더 이상 쓸쓸하지도, 외롭지도 않습니다. 오히려 든든한 동반자처럼 힘이 됩니다. 말도 주고 받고 마음도 나누며 지냅니다. 쓸쓸함도 벗하면 위로가 됩니다. 외로움도 벗하면 기쁨이 됩니다.

제가 드리고 싶은 말씀은 한 가지 입니다. '나 자신과 벗하여 살아가라'는 말씀입니다. 생각해 보면, 우리는 내 삶조차도 타인의 삶으로 살아오지 않았습니까? 내 마음의 말을 듣고, 내 몸의 소리를 듣고, 나 자신에게 충실하며, 나 자신

에게 성의를 다하며 살아온 것이 아니지 않습니까? 그러
니, 이제라도 '나 자신과 벗하며 살아가자'는 말씀입니다.

자신과 벗하며 살면 쓸쓸함이나 외로움, 불안감 등은 현저
히 줄어들거나 사라집니다. 자신과 벗하여 살게 되니 몸도
더 잘 돌보게 됩니다. 몸의 병도, 고통도 줄어들고, 노화도
천천히 진행됩니다. 새로운 즐거움들이 생겨납니다.

다른 분들의 경우는 모르겠지만, 저는 이렇게 노년의 초입
을 즐기며 살아가고 있습니다.

158

좌우명이라고 할 것까지는 없지만, 제 삶을 한 단어로 말하라고 하면 '성의'라고 말할 것입니다. 한 마디로 정리하라고 하면 '성의를 다하는 것'이라고 대답할 것입니다. 저는 특별한 훌륭하게 살아오지도 못했고, 사회적으로 성공한 삶은 더욱 아니고, 평범한 사회인으로서도 제대로 살지 못했습니다. 하여, 겨우 말할 수 있는 것은 '성의를 다했다'는 정도입니다.

저는 제가 살아오며 만난 사람들에게 할 수 있는 성의를 다했습니다. 어떤 이들은 그 성의를 이용만 하고 배신하기도 하고, 다른 이들은 이용하고 활용하기만도 하고, 또 다른 이들은 고마워했지만 그 순간 뿐이었고, 또 다른 어떤 사람들은 고마움을 잊지 않고 지금까지도 만나는 분들도 있습니다. 저는 공적으로 수많은 사람들에게 해악을 끼친 사람들이거나, 개인적으로도 여러 사람들에게 거짓을 말하고 사기 치며 해를 끼친 사람들이 아니라면 개인적인 호불호와 상관없이 누구에게나 성의를 다했습니다. 제가 할 수 있는 한, 말입니다.

하지만, 제 성의를 이해하고 받아들이는 사람들은 저마다 다를 수 있습니다. 어떻게 이해하고 받아들이느냐 하는 문제는 오직 그들의 문제입니다. 그것은 그들의 인식이고, 몸에 베인 태도이고, 삶의 모습입니다. 그들의 태도 여하에 따라 관계가 이어지기도 하고 끊어지기도 합니다. 저는 그들과의 어떤 관계를 원해서 성의를 다한 것이 아니기 때문에 관계 여부는 제 관심이 아닙니다. 저는 제가 할 수 있는 최선의 성의를 다했을 뿐입니다.

성의를 다하지 못한 부분도 있습니다. 다른 사람들에게는 성의를 다하느라 저 자신에게는 성의를 다하지 못했습니다. 하여, 노년의 초입에 들어선 지금, 남은 날들은 저 자신에게도 성의를 다하며 살려합니다.
하지만, 나이가 드니 성의를 다하는 것이 정말 힘듭니다. 다른 사람에게는 물론, 저 자신에게도 말입니다. 성의를 다하기 위해서는 마음을 써야 하는데 기력이 모자랍니다. 마음을 쓰면 힘들어집니다. 젊은 날과 달리 기력이 쉽게 떨어집니다. 눈에 보이지는 않지만, 나이 들어가는 것은 이런 보이지 않는 부분에서부터 오는 것입니다. 어쩌겠습니까. 그것은 제가 받아들여야 하는 부분입니다.

삶의 남은 날들 동안도 나름 성의를 다하며 살고 싶은데 현저히 기력이 떨어지는 것을 느끼니 어찌될 지 알 수 없습니다. 스스로를 늘 잘 살피고 조심하며 살아가는 수밖에 없을 듯합니다. 다소 미진하더라도 성의 있는 삶을 살아가려면 말입니다.

•

지난밤부터 내린 눈은 지금도 내립니다. 제법 많이 내렸습니다. 산 중은 다시 설국이 되었습니다. 길냥이들 다니기 좋으라고 데크의 눈을 좀 치우고, 아침밥을 먹였습니다. 밤새 웅웅거리고 쏴아쏴아 소리 지르며 숲을 지나던 바람은 아침 되며 조금 잦아들었습니다.

159

사람이 오고 가는 것은 비 내리고 그치는 것과 별반 다르지 않다. 계절이 바뀌는 것과도 다를 바 없고, 밤과 낮이 오가는 것과도 비슷하다. 시간의 길이가 달라 다르게 느껴지기는 하지만, 근본적으로 다른 것은 아니다.

그렇다고 사람의 삶이 비가 오가는 것이나, 밤낮 혹은 계절의 변화와 같다고 말할 수만은 없다. 근본적으로 다른 것이 있기 때문이다. '관계'이다. 자연은 자연의 질서 안에서 정해진 관계만을 지니고 있지만, 사람은 자신의 뜻과 마음, 감정에 따라 관계를 맺는다. 가족도 있고, 사랑하는 사람도 있고, 벗들도 있고, 이웃도 있고, 동료 선후배들도 있다. 이런 관계들 때문에 사람의 삶에는 일정한 형식을 갖게 된다. 예의, 예절 같은 것 말이다. 태어나고, 결혼하고, 죽고 하는 삶의 순간들에 대한 통과의례들도 갖추게 된 것이다.

그런 관계들 때문에, 생은 내가 받은 나만의 생이지만, 삶은 나만의 삶이 아닌 것이다. 타인의 삶이라고 해도 과언이 아니다. 아버지, 어머니로부터 몸을 받고, 가족, 스승, 친구들로부터 삶의 지혜를 얻고, 그들의 돌봄을 받으며 살아온 것이다. 내 삶을 구성하고 있는 것들은 모두 원래 내 것들이 아니다. 내 삶에서 본래 내 것이 아닌 것들을 제외한다면 내 삶은 존재하지도 못할 것이다.

통과의례와 같은 형식들은 모두 그 관계들을 위한 것들이다. 떠나는 자가 남겨진 자를 위로하기 위한 것이고, 남겨진 자들이 떠나는 자들을 잘 보내기 위한 것이다. 떠나는 자는 남겨진 자를 생각하고 배려하고, 남겨진 자는 떠나는 자를 잘 보내려고 배려하는 것이지만, 사실 떠나는 자는 속된 말로 떠나면 그만인 것이다.

그러니 가능하면, 자신의 몸에 관한 일뿐 아니라 관계 속에서 일어날만한 여러가지 일들에 대해 살아 있을 때에 준비해 두는 것이 좋다. 큰 병이 들어 의식을 잃게 될 경우에

내 몸에 대해 어떤 결정을 내릴 것인지, 죽음 후에는 내 몸을 어떻게 처리할 것인지, 얼마 안되더라도 남은 재산은 어찌할 것인지, 예식 등의 절차는 어찌할 것인지에 대해서 말이다.

나는 이제 60보다는 70에 훨씬 가까운 나이가 되었다. 나는 여러 해 전부터 가까운 사람들에게 이런 저런 이야기들을 남기고 부탁했다. 나는 암이 발병해도 수술 받지 않을 생각이다. 암과 함께 살아갈만큼 살아가다가 삶을 마감할 생각이다.

· 병을 얻어 의식불명 상태가 되면 생명연장을 위한 어떤 의료행위도 하지 말라.
· 묘를 쓰지 말고, 화장을 하라. 그리고 뼛가루 아주 조금만 한라산 윗세오름 어딘가에 뿌려달라.
· 장례식은 굳이 삼일장을 고집하지 말고 최대한 간소하게 하라.

· 사후 무슨 기념을 한다고 어떤 행위도 하지 말라. 몇 주
  년이니 십주 년이니 하며 찾아와 예배드리고 기념하는
  따위의 일들을 하지 말라.

얼마 안되는 유산에 대한 처리도 어떻게 할지 말해 두었
다. 그 동안은 말로만 남겨 두었는데 조만간에 변호사를
통해 공증해 놓으려 한다.

물론, 이 모든 말들은 내 말일 뿐, 남겨진 일들은 남겨진 자
들이 알아서 할 것이다. 다만, 내 뜻은 이러했다고 남겨두
는 것일 뿐이다.

나는 삶의 고비마다 분에 넘치는 사랑을 받았다. 한마디로
'분에 넘치는 삶'이었다. 그것만으로도 충분하다. 그러니
사후에도 그 삶을 기억하고 기념해 달라고 말하는 것은 어
리석은 욕심일 뿐이다.

•

산 중에 아직 눈은 내리지 않습니다. 바람만 세찹니다. 하지만 많은 눈이 내릴 것이라는 대설 예보가 계속 옵니다. 많은 눈이 내릴 것 같지는 않은데, 많은 눈이 내린다고 하니, 게으름을 무릎 쓰고 차커버를 씌워두었습니다. 눈 덮인 겨울 숲을 다시 볼 수 있을 정도로 내렸으면 좋겠습니다. 겨울 숲의 아름다움을 살아가는 동안 몇 번이나 볼 수 있겠습니까. 몇 번이나 걸어 볼 수 있겠습니까. 그럴 수만 있다면 고맙고 감사하지요. 그것도 저것도 모두 은총입니다.

160.

추백 지고
동백 피어나고 있습니다

가을 가고
겨울 오고 있습니다

한 해도 다 지나가고 있습니다. 살아갈 날들이 조금 더 줄
어들었습니다. 올해보다는 내년에 조금 더 아프고, 조금 더
혼자 보내는 시간이 많아질 것이라고 말해주는 것 같습니
다. 하지만, 동백 피는 것도, 세월 흐르는 것도, 좀 더 아플
것이라는 것도, 좀 더 혼자만의 시간을 보내게 될 것이라
는 것도 모두 고마운 일들입니다. 살아있는 것만으로도 감
사한 일입니다. 하지만, 살아있는 것이 중요한 것이 아닙니
다. 어떻게 살아왔는가, 어떤 생이었는가, 하는 것이 중요
한 것입니다. 나는 저의 생이 별로 자랑스럽지 않습니다.
무엇인가 하고자 했지만 큰 의미는 없었습니다. 하루하루
직장에 나가 성실하게 일을 하며 자신의 삶을 잘 챙기는

삶을 살았다면 더 좋았을 텐데, 하는 아쉬움이 남는 삶입니다. 자신에게 주어진 삶의 매 순간순간을 충실하게 살아가는 것이 가장 의미 있는 삶입니다. 생의 남은 날들은 이제라도 그렇게 살아갈 수 있기를 바라고 있습니다.

그나저나 동백이 피어나고 있으니 머지않아 눈이 내릴 것입니다. 겨울 준비를 해야겠습니다. 올해는 눈이 많이 오려나, 기대 됩니다. 삼 년 전처럼 겨우 내내 눈 펑펑 내리기를 바라며 기다리고 있습니다.

무엇인가 말하고 쓴다는 것은 참으로 조심스런 일이다. 아무리 사람들마다 자신만의 이야기가 있고, 나는 나만의 이야기가 있으니 내 이야기를 하는 것이라고 하더라도 말이다. 존재하는 모든 것들 중 변하지 않는 것은 없다. 모든 것들은 매 순간 변하고 있다. 모습도, 생각도, 가치도 변한다. 어제의 생각은 오늘의 생각과 다르다. 어제 옳았던 것이라고 오늘도 옳은 것은 아니다. 오늘 옳은 가치이더라도 내일은 옳지 않은, 지양해야 할 가치일 수도 있다.

그러니 무엇을 안다는 것은 무엇을 모른다는 것과 같은 의미의 말이기도 하다. 무엇인가를 믿는다는 것도 그 외의 모든 것은 믿지 않는다는 것과 같은 의미의 말이다. 신념이라는 것도 내 신념과 다른 것들을 나누고, 받아들이지 않고, 배척한다는 말과 크게 다르지 않다. 그러니 무엇을 알고, 그것에 대해 신념을 가지고, 또 믿음도 지니게 되었다는 말은 사실 아무 것도 잘 모르고 있다는 것을 의미하는 것과 별로 다르지 않다. 사정이 이러하니 어떤 말을 하고 글을 쓴다는 것은 당연히 두려운 일이다.

나는 늘 이런 마음을 지니고 살아가려고 마음 기울인다.

아는 것이라고 다 말하지 않는 것
할 수 있는 것이라고 다 하지 않는 것
얻을 수 있는 것이라도 다 얻지 않는 것
주장할 수 있는 것이라고 다 주장하지 않는 것
품을 수 있는 것이라고 다 품지 않는 것
물러설 수 있는 것보다 조금 더 물러서는 것
비울 수 있는 것보다 조금 더 비우는 것

살아가는 일만으로도 분주한 것이 삶이다. 군이 삶의 내면과 이면까지 다 알기도 힘들고 다 알아야 하는 것도 아니다. 그럴 필요도 없다. 살아가는 것만으로도 삶의 모든 지혜를 충분히 얻게 되니 말이다. 모르는 채로 살아가는 것이 더 좋다. 부족한 채로 살아가는 것이 더 좋다. 삶은 부족한 채로 완전한 것이니 말이다. 살아가는 일의 소중함은 이런 마음가짐에서 얻게 되는 것이라고 생각한다.

이런 저런 이유로, 글 쓰는 것은 여간 조심스러운 일이 아니다. 그런데 그렇게 긁적인 글들을 책으로 엮어내는 것은 더욱 조심스럽고 두려운 일이다. 이 책의 글들은 페이스 북에 올렸던 글들이다. 그 동안 이런 저런 출판사에서 책으로 내자는 제안이 있었지만 조심스러워 사양하였는데, 이번에 꽃자리에서 책으로 엮게 되었다. 사람만 그런 것이 아니라 책도 인연이 있는 모양이다. 잡다한 글들을 좋은 책으로 엮어주신 꽃자리출판사에 고마운 마음 전한다. 마음 젖어드는 좋은 그림을 그려주신 최연택 선생님에게도 깊은 감사의 마음 전한다. 물론, 페이스북에서 마음 나누며 제 글에 공감해 주시고 위로 받으셨던 모든 벗들에게도 마음에서 우러나는 사랑을 전한다.

너머로, 봄이 왔다.
설렘 가득한 봄이다.

섬의 산 중에서, 최창남 두 손 모아